# Les fils du diable

ISBN : 2-7459-0502-3

Sylvie Bages

# Les fils du diable

MILAN POCHE

## FAMILLE

**Algernon** – *Rebecca*

**Naama** – *Jéroboam*

1. Noa
2. Siméon
3. Aaron

**Joachim** – *Ruth*

1. Roboam
2. Esther
3. Jonathan
4. Adna

**Joshua** – *Abigaïl*

1. Amos
2. Lia

## HERZINGER

**Job**

**Noémie** – *Peter*

1. **Timothée**
2. **Micaja**

**Jézabel** – *Quatre-Doigts*

1. **Cheval-Sauvage**
2. **Coyote**

**Joseph**

*À la mémoire de Quanah Parker,*
*dernier grand chef comanche*
*des bons et des mauvais jours.*

*À toute ma tribu, pour sa patience et son amour.*

# 1

**Sud-ouest du Missouri, 1885.**

Les Herzinger jouissaient d'une étrange réputation.

C'étaient certes de bons chrétiens. De ce côté-là, il n'y avait rien à dire. Algernon Herzinger, le patriarche, était un ancien prédicateur évangéliste. Après avoir longtemps parcouru l'Amérique en chariot bâché avec sa femme et ses six enfants, il avait fini par acquérir un ranch, Lost Eden, où il s'était installé, seize ans auparavant, avec toute sa nombreuse famille.

Outre le patriarche, la tribu se composait de la rigide Sarah Gauncett, la gouvernante, qui avait élevé les enfants à la mort de Rebecca, la femme d'Algernon ; de Job Herzinger, le frère d'Algernon, vieux garçon silencieux qui vivait dans l'ombre de son aîné ; de Joshua, Joachim et Joseph, les fils du patriarche, dont les deux premiers étaient mariés respectivement à Abigaïl et à Ruth, deux femmes choisies par leur père au sein de communautés puritaines de la région ; de Naama, la fille aînée, flanquée de son mari Jéroboam, un simple d'esprit ; de Noémie, la fille cadette, qui ne résidait pas au ranch habituellement, mais au village où elle tenait une mercerie avec son mari ; et de tout un essaim de petits-enfants entre un et douze ans dont on aurait bien été en peine, au village, de distinguer duquel des différents couples cohabitant au ranch chacun était issu.

Enfin, il y avait le coyote.

Aussi loin que remontaient ses souvenirs, il lui semblait qu'on l'avait toujours appelé ainsi. On l'avait aussi toujours battu – enfin, battu plus que les autres, car la famille Herzinger n'était pas tendre à l'égard de ses rejetons. Aussi loin que remontait sa conscience, Coyote savait qu'il était différent, mais en quoi, il ne savait pas ; ni pourquoi la plupart des siens le poursuivaient de leur mépris et de leur haine. Mais peut-être était-ce normal, peut-être que ça se passait comme ça dans toutes les familles. Coyote ne pouvait pas savoir car, contrairement aux autres enfants Herzinger, Coyote n'allait pas à l'école. Il venait d'avoir neuf ans…

Ce soir-là, Coyote avait été battu plus fort que d'habitude. Effrayé par la colère du patriarche, le corps rompu, il s'était enfui, le temps que ça se calme. Oh, pas très loin. Où aurait-il pu aller ? En cette nuit d'automne, il ne faisait déjà plus assez chaud pour dormir à la belle étoile. Coyote courut droit devant lui. Et devant lui, il y eut une étable. À bout de forces, Coyote entra, se blottit dans le foin entre les vaches et s'y endormit, recroquevillé comme un petit animal blessé.

L'étable appartenait aux plus proches voisins des Herzinger, les Lenemeur, des fermiers d'origine française qui avaient emménagé là quelques mois auparavant. Les Herzinger s'étaient bien gardés de frayer avec leurs nouveaux voisins, dont la religion catholique heurtait leurs convictions évangélistes. Les deux familles s'ignoraient donc.

L'irruption de Robert Lenemeur dans l'étable, au matin, tira l'enfant de son sommeil. Mal réveillé, le cheveu en bataille, Coyote poussa un cri de terreur et se réfugia au fond de la grange, poings en avant, tel un petit chat prêt à mordre. Maigre et sale, la mine farouche, avec ses cheveux noirs trop longs, on eût dit un jeune sauvage. Lenemeur poussa une exclamation de surprise :

– Ça alors, un Indien ! Mais qu'est-ce qu'il fiche ici ?

Un peu inquiet, le fermier examina les quatre coins de son étable, craignant de voir surgir du foin des guerriers peaux-rouges. La région avait été pacifiée quinze ans plus tôt et le Français n'avait jamais vu un Indien de sa vie.

Rassuré sur le nombre et l'âge de son adversaire, Robert appela :

– Mariette ! Viens voir ! On a de la visite.

Une jeune femme surgit aussitôt, suivie d'une petite souris curieuse, Céline, leur fille unique âgée de six ans.

– Oh, le pauvre ! s'écria la jeune femme. Il dormait là tout seul ?

Elle s'approcha de l'enfant. Il esquissa un geste de menace. Il semblait terrifié. Alors, la petite Céline s'approcha à son tour et dit avec autorité :

– Eh ! il ne faut pas faire du mal à ma maman, elle est très gentille. Moi, je m'appelle Céline Lenemeur, j'ai six ans. Et toi, tu t'appelles comment ?

Elle prononçait les mots avec un accent charmant. Le petit sauvage perdit son air farouche :

– Le coyote, dit-il enfin. Je suis un Herzinger. Je viens de là.

D'un geste vague, il montrait la direction du ranch Lost Eden, hors de portée des regards.

D'autorité, on conduisit l'enfant à la maison. Malgré ses protestations, Mme Lenemeur lui fit prendre un bain, l'enveloppa dans une grande serviette et l'installa à côté de sa fille devant un bon lait chaud avec des tartines de miel, pendant qu'elle lavait et faisait sécher ses haillons. Lorsque l'enfant fut propre, réchauffé et rassasié, elle laissa son mari l'interroger.

– Alors, comme ça, mon garçon, tu appartiens à la famille Herzinger ?

L'enfant acquiesça. Il l'avait assez souvent entendu répéter : « Tu fais partie de notre famille pour notre honte, notre malheur et par l'abomination ! »

– Mais « Coyote », ce n'est pas ton vrai nom, n'est-ce pas ? C'est un surnom. Ce n'est pas un nom de chrétien !

– Je ne connais pas mon vrai nom. On m'appelle toujours comme ça.

Comme ça, et aussi « chien », « putois », « engeance du diable », « fils de Satan », « âme perdue », « graine de sauvage », « petit dégénéré »...

– Et je ne suis pas baptisé, ajouta tristement l'enfant.

– Pas baptisé ? s'étonna Lenemeur. Un rejeton des Herzinger ?

Le fermier connaissait assez la réputation dévote des Herzinger. Il les avait déjà vus passer devant sa ferme, en charrette, se rendant à l'office du dimanche, toute la tribu raide et empesée dans ses vêtements noirs. À la réflexion, il se dit qu'il n'avait jamais remarqué parmi eux ce garçon brun qui ressemblait si peu aux autres, pâles et blonds.

– Tu n'aurais pas du sang indien dans les veines, toi ? demanda Lenemeur qui tenait à son idée.

Piqué au vif, l'enfant bondit à cette question. Quoi ? L'associer à ces sauvages, lui, un Herzinger, alors même que sa famille priait chaque soir pour l'extermination complète de cette race ?

Robert n'insista pas, mais il sentit là-dessous comme un redoutable secret de famille.

– Alors, « Coyote », qu'est-ce qui t'amène par ici ? Tu voulais nous rendre une petite visite ?

Coyote ne répondit pas. Qu'y avait-il à dire ? S'il leur racontait qu'il avait fait des bêtises, peut-être que ces gens-là le battraient. Ils avaient l'air gentils, mais ça ne voulait rien dire, Abigaïl aussi, la femme de Joshua, avait l'air gentil. Pourtant, elle s'arrangeait toujours pour le faire punir, lui, à la place de ses sales mômes, le grand Amos et la petite Lia.

– Je vais te ramener à Lost Eden, déclara Lenemeur. M'est avis que tu ne leur as pas dit où tu allais.

Robert avait sorti son cheval de l'écurie et achevait de le seller.

– Allez, petit, monte, dit-il en lui tendant la main. On retourne chez toi.

L'enfant obéit d'un geste mécanique. Céline s'approcha :

– Coyote, tu reviendras ?

– Pourquoi ? demanda le garçon, surpris.

– Je suis toute seule, ici. Tu veux pas être mon ami ?

Les yeux noirs du garçon plongèrent avec étonnement dans ceux, tout bleus et innocents, de la fillette. Elle le considérait gravement, avec un espoir et une gentillesse qui lui allèrent droit au cœur. Il jeta un regard interrogatif à la jeune femme qui tenait sa fille par les épaules.

– Tu seras toujours le bienvenu ici, petit, lui dit-elle. Reviens quand tu veux.

Le sourire lumineux de cette femme lui donna soudain envie de pleurer.

– Je reviendrai, murmura-t-il. Oui, si je peux, je reviendrai.

Assis sous la véranda, le patriarche, flanqué de ses trois fils, regardait les cavaliers approcher. Le Français n'était pas descendu de cheval qu'Algernon l'apostropha :

– Ainsi donc, ce garnement était sur vos terres ? Nous l'avons cherché partout ! Il mérite une bonne correction !

Joshua tira brutalement l'enfant à bas de la monture.

– Hé là, doucement ! s'exclama Robert. Vous allez lui faire mal !

– Ce coyote ne vous a rien volé, au moins ? demanda perfidement Joachim en prenant à son tour possession du garçon.

L'enfant grimaça de douleur sous la poigne qui lui broyait l'épaule.

– Nous vous remercions de nous l'avoir ramené, dit Algernon d'un ton définitif.

Robert, qui avait espéré user de ce prétexte pour lier connaissance avec ses voisins, en fut pour ses frais. Il ne serait pas invité à passer le seuil. On ne l'avait même pas encouragé à descendre de cheval. Après un vague salut, il fit tourner bride à sa monture, pensif, préoccupé.

Il restait au coyote à affronter la fureur du patriarche.

– Qu'es-tu allé faire chez ces étrangers ? demanda Algernon d'une voix chargée d'orage. Tu trouves que tu n'en as pas assez fait ? Tu veux que tout le monde sache que nous avons sur les bras un bâtard de ton espèce ?

Coyote ignorait le sens exact du mot bâtard. Il savait seulement que c'était un terme de mépris qu'Algernon adressait tour à tour et indistinctement à ses fils, à ses filles et à ses petits-enfants, et que ce terme précédait de peu les coups. D'ailleurs, ceux-ci ne tardèrent pas. L'enfant les encaissa sans une plainte, sans un mot, l'œil sec et le cœur ulcéré de haine.

•

La saison s'écoula sans qu'on ait revu le garçon. Céline demandait parfois à sa mère pourquoi il ne venait pas. Trop jeune encore pour aller à l'école et y rencontrer des fillettes de son âge, elle se sentait bien seule.

Et l'hiver s'installa, si rude dans ces vastes plaines de l'Ouest balayées par les vents du nord, recouvertes de neige pendant de longs mois.

Un soir de pluie et de froid, on frappa à la porte. Lenemeur alla ouvrir : Coyote se tenait sur le seuil, claquant des dents, transi dans des vêtements trop légers.

– Entre vite ! fit Robert.

Mariette débarrassa l'enfant de son pardessus mouillé, l'installa près du feu et lui mit entre les mains un bol de soupe. Céline le regarda engloutir à toute vitesse le breuvage bouillant.

– Je peux en avoir encore ? demanda-t-il craintivement quand il eut terminé.

Mariette remplit derechef l'écuelle, et il but tout aussi avidement.

Robert examinait l'enfant d'un air préoccupé.

– Que se passe-t-il, mon garçon ? demanda-t-il enfin. Tu t'es enfui, n'est-ce pas ? Ils ne sont pas gentils avec toi ?

Coyote baissa la tête. Jamais il n'avouerait cela. On lui avait promis une telle raclée s'il se plaignait ! Mais ce soir, ils l'avaient jeté dehors sans manger, par ce temps glacial, avec presque rien sur le dos. L'enfant avait couru d'une traite chez les Français. Eux seuls pouvaient lui venir en aide.

–Frictionne-le, demanda Robert à sa femme, il est gelé, il va attraper mal.

Mariette s'approcha du garçon, tendit une main vers sa chemise. Il se recroquevilla d'un air farouche.

–Tu as raison, dit-elle. Tu es assez grand pour te déshabiller seul.

Mais il ne faisait pas mine de quitter son vêtement.

–Allons, Coyote, enlève ça. Elle est trempée, cette chemise, nous devons la faire sécher, intervint Robert.

Coyote secoua la tête d'un air buté. Le fermier fit sortir sa femme et sa fille.

–Nous sommes entre hommes, à présent, dit-il d'un ton bourru. Ne sois pas stupide, quitte cette maudite chemise.

Mâchoires crispées, l'enfant consentit enfin à l'enlever. Les coups avaient marbré ses bras et son torse maigre de larges traces violacées.

–Sales brutes ! gronda Robert dans sa moustache. S'en prendre ainsi à un enfant !

–Je ne suis pas toujours très sage, les excusa Coyote, gêné.

Il avait peur de la colère qu'il percevait dans la voix de cet homme, peur qu'il s'en prenne à son tour à lui. Il se drapa rapidement dans une couverture.

–Ne leur dites pas… supplia-t-il. Ils me tueraient !

L'œil humide, Lenemeur rappela sa femme.

–Prépare-lui un lit, ordonna-t-il.

Elle sourit.

–C'est déjà fait.

Un matelas avait été installé à côté de la couche de Céline. Coyote admira la gentille chambre propre et bien rangée, les jouets et les livres sur les étagères, ce petit monde d'enfant qui rayonnait d'amour, un monde dont il se sentait exclu à jamais, pour quelque faute obscure, pour quelque péché originel dont il ignorait tout. La jalousie lui mordit le cœur. Il éprouva l'envie de faire du mal à la fillette, l'envie brutale de la voir pleurer. Il lui arracha la poupée qu'elle tenait, une poupée au fragile visage de porcelaine, la leva au-dessus de sa tête et la fracassa violemment sur le sol. Le désespoir et l'incompréhension qui se peignirent sur les traits de la gamine lui firent aussitôt regretter son geste. Il se jeta aux pieds de Céline en pleurant aussi fort qu'elle. Attirée par le vacarme, Mariette fit irruption dans la chambre. Coyote leva les bras devant son visage pour se protéger.

–Il l'a pas fait exprès, expliqua Céline. Ma poupée est tombée toute seule, Coyote y est pour rien.

Coyote considéra la fillette avec stupeur.

Les deux enfants dormaient. M$^{me}$ Lenemeur avait rejoint son mari devant la cheminée. Il fumait sa pipe d'un air soucieux.

–Ils le battent! prononça-t-il enfin. Son corps est marbré de coups. Et sa maigreur! On peut compter les côtes! Ces gens-là sont des brutes immondes!

–J'avais moi aussi remarqué des traces sur son corps, lors de sa première visite. Mais je ne pouvais pas croire cela. On ne peut pas croire une horreur pareille! Qu'allons-nous faire?

–Je ne sais pas… Quelle tristesse! Nous qui aurions tant d'amour à donner à des enfants, n'avons qu'une fille unique et ne parvenons pas à en avoir d'autres, alors que ces gens-là, qui ont la chance d'en avoir tant, les traitent si durement!

– Je me suis renseignée, en ville, après la première visite de Coyote. Tout le monde semble ignorer son existence. Quant aux autres enfants Herzinger, ils sont, certes, tenus sévèrement, mais n'ont pas la réputation d'être excessivement maltraités.

Elle ajouta après un silence:

– On m'a surtout fait comprendre de ne pas insister. J'ai l'impression que les gens du coin n'aiment pas trop qu'on mette le nez dans leurs affaires.

– Alors, on baisse les bras, on laisse tomber? grommela son mari.

– Non, bien sûr que non!

Ils s'enfoncèrent dans une rêverie morose.

– Voilà ce qu'on va faire, dit enfin Robert. Le garçon restera chez nous tant qu'il voudra. Je ne le ramènerai pas à Lost Eden. S'ils tiennent à leur gamin, ils finiront bien par venir jusqu'ici. Alors, je leur dirai ma façon de penser!

•

Trois jours passèrent, et le jeune Coyote s'apprivoisait peu à peu. Il n'avait plus cette terreur dans le regard, quand on s'adressait à lui sur un ton un peu vif, plus ce réflexe de se protéger le visage quand on s'approchait de lui. Céline aussi l'amadouait. Pourtant, d'ordinaire, il détestait les jeunes enfants : ses petits cousins lui faisaient trop souvent avoir des ennuis. Mais la fille des Lenemeur était d'une autre sorte, elle semblait prendre un réel plaisir en sa compagnie. C'était nouveau et agréable. Coyote n'avait plus du tout envie de lui faire du mal.

Robert essayait d'en apprendre davantage, mais ce n'était pas facile, l'enfant se fermait dès qu'on lui parlait des siens. Lenemeur voulut au moins savoir qui s'en prenait à lui.

– Tous, fit l'enfant avec amertume, ils sont tous après moi. Mais c'est surtout mes oncles et mon grand-père. Ils me détestent. Parce que je suis différent.

– En quoi es-tu différent ?

– … Je ne sais pas… Père dit toujours ça.

– Père ? Le vieil Algernon est ton père ?

– Non, c'est mon grand-père.

– Et tes parents ? C'est qui, tes parents ? Ils laissent faire ?

– J'en ai pas. Ma mère est morte à cause de moi, en me mettant au monde. Et mon père, c'est le diable ! C'est pour ça que je suis si mauvais…

Le garçon avait prononcé cette phrase avec un tranquille désespoir, un sérieux imperturbable. Robert en resta bouche bée. Comment pouvait-on faire croire des horreurs pareilles à un enfant ?

– Mais non, ton père n'est pas le diable, c'est impossible, voyons ! se récria-t-il, indigné.

– C'est qui, alors ? demanda Coyote d'un ton de défi. Mes cousins ont tous un papa, et moi, j'en ai pas. Alors, c'est qui ?

Logique imparable ! Vaincu, Robert se tut. Mais cette fois, il était bien décidé à connaître la vérité.

•

C'est seulement à l'aube du quatrième jour qu'une petite troupe de cavaliers fit son apparition à l'entrée de la propriété des Lenemeur. Robert sortit sur le perron. Il y avait là Algernon en personne, deux de ses fils et un grand flandrin maigre, prématurément vieilli, que Robert identifia comme le frère du patriarche.

– Vous n'auriez pas vu le vilain chenapan que vous nous avez ramené l'autre matin, par hasard ? demanda

Algernon sans descendre de sa monture. Il nous a encore faussé compagnie. Il a disparu depuis plusieurs jours. Nous sommes inquiets…

– Inquiets, peut-être, qu'il s'en aille révéler au reste du village comment vous le traitez ? attaqua Robert sans ambages.

– Ah ? Parce que ce coyote s'est plaint d'être maltraité ? grinça le patriarche. Il a une pierre à la place du cœur. Ce n'est qu'un paresseux, un ingrat, un hypocrite, un âne rétif. Il n'avance que sous les coups. Où est-il ?

– Chez nous. Je ne vous le rendrai que si vous vous engagez à le traiter moins durement.

– De quoi vous mêlez-vous, bonhomme ? Je ne sais pas d'où vous sortez, mais on élève tous nos gamins, ici, à coups de trique et, croyez-moi, ça donne de bons résultats. Si vous voulez que votre fille devienne une dévergondée, c'est votre affaire, mais laissez-nous éduquer nos enfants, chez nous, comme on l'entend ! Et si vous ne me rendez pas le garçon tout de suite, je vais de ce pas chez le shérif porter plainte pour enlèvement ! Ici, pour un tel délit, c'est la pendaison !

À l'intérieur de la maison, Coyote, Mariette et Céline ne perdaient pas une miette de cet échange. Coyote surtout semblait terrifié. Mariette voulut le prendre par les épaules. Il se dégagea brusquement.

–Il va me tuer, marmonna-t-il, c'est sûr, il va me tuer !

Céline aussi avait très peur.

–Je ne veux pas que le monsieur, il fasse pendre mon papa ! sanglota-t-elle.

Coyote comprit ce qu'il lui restait à faire. Avant que Mariette ait pu l'en empêcher, il se précipita sur la porte et l'ouvrit.

–Je suis là, Père, dit-il en s'avançant bravement vers les cavaliers. M. Lenemeur ne me retient pas de force.

–Sang maudit, rentre à la maison ! gronda Algernon dont le regard flamboya de haine.

L'enfant sauta sur le cheval de Job, son grand-oncle, et les cavaliers tournèrent bride aussitôt. Robert, que Mariette et Céline avaient rejoint sur le perron, les suivit longuement du regard, le cœur serré.

•

Désormais, la brèche était ouverte. Ni les menaces, ni les raclées n'y pouvaient rien. Quand l'enfant était trop las des coups et des brimades, il allait se réfugier un jour ou deux chez ses voisins, reprendre des forces, emmagasiner un peu de chaleur humaine. S'il put apprendre à lire et à écrire, c'est à la patiente Mariette qu'il le dut. Il ne racontait pas ce qui se passait au ranch. Il savait trop ce qu'il risquait. Il savait aussi qu'après chacune de ses escapades, on le battrait. Mais il s'en fichait. Le foyer des Lenemeur l'aidait à vivre, et c'était tout ce qui comptait.

Le scénario était invariable : au bout d'un certain temps, un cavalier solitaire apparaissait, souvent l'oncle Job, et l'enfant le suivait sans piper mot.

# 2

Les années passèrent, et le mystère qui entourait les origines de Coyote demeurait. Pourquoi était-il différent des autres ? Qui était vraiment son père ? Pourquoi le détestait-on ? Il aurait bien aimé savoir, mais n'osait poser de questions, par peur des coups... ou par crainte de la réponse !

Un jour, pourtant, Algernon lui cracha la vérité au visage. Elle était insoutenable, cette vérité ! Coyote venait d'avoir quinze ans. Il s'enfuit en direction du ranch des Lenemeur. Il y courut d'une traite, aveuglé par les larmes, appela à grands cris, mais nul ne lui répondit : Céline se trouvait à l'école, Mariette faisait des courses au village et Robert travaillait dans la prairie. Coyote se meurtrit les poings sur la porte avant de prendre conscience qu'elle n'était pas fermée. Il entra, traversa en courant la pièce principale, pénétra dans le cabinet de toilette et se planta devant la psyché. Il promena ses doigts sur les traits de son visage, ses yeux étirés en amande, sa chevelure d'un noir de jais... Algernon n'avait pas menti, ça ne faisait pas l'ombre d'un doute. Comment n'avait-il pas compris plus tôt ?

Sans réfléchir, presque machinalement, il saisit le rasoir de M. Lenemeur. Quand ils sauraient la vérité, même les Lenemeur ne pourraient plus l'aimer. Eux aussi le rejetteraient avec horreur. Comment se débarrasser de ce sang vicié qui coulait dans ses veines ? Comment extirper le mal qui battait dans son cœur ? Coyote approcha le rasoir de son poignet gauche et se trancha les veines d'un coup sec. Le sang se mit à sourdre en pulsations régulières, il le regarda couler d'un air dégoûté. Il voulut cisailler son autre poignet mais fut pris d'une violente nausée. Il lâcha le rasoir et tomba sans connaissance.

Ce fut Robert qui le trouva. Quand il le vit, allongé sur le sol, couvert de sang, il crut d'abord que son grand-père ou un autre membre de sa famille était venu l'assassiner. Puis il vit le rasoir, l'entaille au bras gauche…

–Qu'as-tu fait, malheureux? s'écria-t-il.

Il s'assura que l'adolescent respirait. La cicatrisation aidant, la plaie ne suintait plus que faiblement. L'homme entreprit de bander le poignet blessé, puis lava le garçon de son mieux avant de le porter sur un lit. Il le fit boire abondamment. Enfin, l'adolescent sembla recouvrer ses esprits.

–Mon petit, mon cher petit, pourquoi? questionna Robert.

Coyote murmura, désespéré:

–Je suis maudit! Bien avant ma naissance! J'ai causé la mort de ma mère et je suis de l'engeance du démon!

–Encore! s'écria Robert, excédé. On t'a mis de drôles de choses dans la tête, mon petit gars. Nous en avons déjà parlé, tous les deux. Je te l'ai dit, ton père n'est certainement pas le diable!

–Mais si! Mon grand-père vient de me révéler la vérité… Je suis à moitié indien! Ma mère Jézabel, la troisième fille d'Algernon, a été capturée par une bande de sauvages. Elle avait douze ans. L'âge de Céline. Elle est restée en captivité de longues années chez les Peaux-Rouges. Dieu sait ce que ces barbares lui ont fait subir!

Quand, enfin, les soldats l'ont libérée, elle était devenue folle… et elle attendait un bébé ! Elle est morte peu de temps après en le mettant au monde. Je suis le fils de cette femme… et de l'abject sauvage qui l'a enlevée !

Coyote se cacha le visage entre les mains.

– Voilà pourquoi ma propre famille me méprise, me déteste, me rejette, me voue aux tourments de l'enfer ! Ils disent que je porte le mal en moi. Que j'ai apporté la honte et le malheur sur leur maison !

Robert s'assit sur le lit et entoura de son bras les épaules du garçon secouées de sanglots convulsifs.

– Tu sais, il y a longtemps que je me doutais d'un truc dans ce genre. Mais ces Herzinger sont une sacrée bande d'imbéciles ! Imputer à un enfant innocent les crimes d'un père ou la mort d'une mère ! Mon pauvre petit, tu n'es responsable de rien du tout. Il y a seulement que ton grand-père n'a pas supporté le sort réservé à sa fille. Faute de tenir le coupable, c'est sur toi qu'il a reporté sa haine et sa rancune. Et tous les tiens ont marché dans ce sale petit jeu ! C'est monstrueux ! Je ne te laisserai pas repartir chez ces fous. Tu es assez grand pour choisir ton destin. Notre maison est la tienne. Si tu veux rester, reste, rien ni personne ne pourra t'en arracher.

Coyote se jeta dans les bras de l'homme et pleura longuement.

Quand, deux jours plus tard, Job vint chercher le jeune homme, il le trouva debout sur le perron aux côtés de Lenemeur.

– Je ne viens pas, prononça le garçon d'une voix ferme. Plus jamais ! Puisque vous me haïssez, puisque j'ai apporté la honte et le malheur dans votre famille, je reste ici. Dis-le à Père, qu'il n'essaye plus de me ramener.

L'oncle repartit sans mot dire.

Mais, dès le lendemain, tout un comité de cavaliers en armes se posta devant la ferme, Algernon en tête. Le patriarche appela d'une voix prophétique :

– Coyote, si tu refuses de me suivre, le malheur va s'abattre sur cette famille.

Coyote et Céline étaient seuls dans la maison. D'un geste décidé, l'adolescente décrocha du mur la winchester de son père.

– Tu sais t'en servir ? demanda-t-elle au jeune homme effaré.

–Non. Ils ne m'ont jamais laissé toucher à une arme.

–Ce moment est arrivé. Défends-toi !

Coyote repoussa la carabine.

–Non ! Non ! Je ne peux pas faire couler le sang de ma propre famille ! Mon grand-père, mes oncles... Non !

–Il suffit juste de leur faire peur, dit-elle en se dirigeant arme au poing vers la fenêtre.

Coyote la retint :

–Arrête ! Ils sont supérieurs en nombre et n'hésiteront pas à riposter ! Je ne veux pas...

–Qu'allons-nous faire, alors ?

–La seule chose raisonnable pour le moment : je vais me rendre.

–Ils vont te punir...

Coyote esquissa un pauvre sourire.

–J'ai l'habitude, je sais encaisser les coups. Et puis, je suis presque aussi grand que Père, maintenant, alors, il ose moins lever la main sur moi. Je reviendrai. Je reviens toujours.

Elle se jeta dans ses bras, il la serra contre lui longuement. S'arrachant enfin à son étreinte, il gagna la porte et parut sur le perron.

– C’est la dernière fois que je tolère ton attitude, coyote, glapit Algernon. Si tu remets encore une fois les pieds ici, la colère de Dieu s’abattra sur cette maison ! Tu as compris ?

– Pourquoi ne voulez-vous pas me laisser vivre avec ces gens ? demanda Coyote d’un ton las. Vous me haïssez, ma présence vous est insupportable. Oubliez-moi !

– Tu es notre châtiment en punition de nos fautes, ta place est au milieu de nous pour que nous n’oubliions jamais que nous sommes des pécheurs. Le mal est dans ton cœur, mais je saurai bien l’en extirper par la force. Tu es menteur, paresseux, désobéissant comme tous ceux de ta race. Je saurai te faire plier ! Car telle est la volonté de Dieu ! Je saurai te forcer au respect ! Ces étrangers cherchent à te corrompre. Ils veulent te séparer de ta famille, introduire l’erreur et le doute dans ton esprit ! Ils sont le mal et te veulent du mal ! Pour le salut de ton âme, je te le dis solennellement, renonce à eux. Renonce à Satan et à ses pompes, ou la foudre de l’archange s’abattra sur les pécheurs, les immondes, les hérétiques !

Coyote savait que les menaces proférées par le patriarche n’étaient pas paroles en l’air. Dieu seul savait de quoi était capable sa famille, fanatisée par Algernon ! En frissonnant, il s'avança vers les cavaliers.

– Puisque à présent, tu sais qui tu es, reprit plus doucement le patriarche, tu sais aussi que notre attitude est juste. Tu sais qu'il n'y aura pas assez de tourments sur cette terre pour te permettre d'expier et t'éviter ceux, éternels, de l'enfer ! C'est par amour pour toi que nous faisons cela. En selle !

Coyote obéit. Il jeta un dernier coup d'œil en arrière, aperçut Céline en larmes derrière les carreaux de la fenêtre.

– Renonce ! scanda Algernon à son oreille. Sinon, c'est elle qui paiera !

Coyote ferma les yeux, au bord de l'étourdissement. Non, pas elle ! Pas Céline ! Il se sentait capable de tuer Algernon à mains nues si le vieil homme mettait ses horribles menaces à exécution !

Dès le retour de ses parents, Céline, tout en pleurs, s'empressa de leur rapporter le drame qui venait de se dérouler :

– Coyote a choisi de se sacrifier pour que ces hommes ne s'en prennent pas à moi et à notre maison !

– Oh mon Dieu ! Mais qu'attendons-nous pour faire intervenir la loi ? s'exclama Mariette, scandalisée.

– La loi ? Que pourrait-elle ? Le garçon n'est pas majeur, ces hommes n'ont encore commis aucun délit…

– Aucun délit ! Mais si on laisse Coyote entre leurs mains, ils vont finir par le tuer !

– J'en suis bien conscient, fit Lenemeur, accablé. J'y vais. Je vais essayer de parlementer.

Il sella son cheval, prit la précaution de glisser sa winchester dans ses fontes, et se dirigea vers Lost Eden. Céline et Mariette le virent s'éloigner, le cœur serré d'angoisse.

– Céline, dit soudain Mariette, j'ai peur que ça tourne mal. Selle la jument. Va chercher le shérif Edwards, explique-lui ce qui se passe et dis-lui de venir vite.

La jeune fille s'exécuta aussitôt.

•

De son côté, le cavalier était arrivé en vue de Lost Eden. Il s'engagea dans l'allée qui menait au ranch et perçut de loin les gémissements. Il éperonna sa monture. Le spectacle auquel ils assistaient tous, hommes et femmes, petits et grands, était si captivant qu'ils ne l'avaient pas entendu approcher. Robert dut se pincer pour s'assurer qu'il ne rêvait pas. Dans la cour de la ferme, le patriarche trônait en bonne place dans un fauteuil à haut dossier. Les autres étaient assis sur des bancs, par ordre de taille, les plus jeunes devant pour ne rien perdre de l'édifiante représentation. Face à eux, les bras écartelés entre deux poteaux, Coyote, à demi nu, recevait les coups de fouet que son oncle Joshua lui appliquait avec méthode ! Les dents serrées, l'adolescent se retenait de hurler de douleur.

Robert dégaina posément sa winchester et tira en l'air. Aussitôt, les coups de fouet cessèrent et tous les regards convergèrent sur l'intrus.

– Libérez ce garçon et laissez-le me suivre ! cria Lenemeur.

– Ce que je fais chez moi ne vous regarde pas, cher voisin, fit ironiquement le patriarche. Ce garçon est mon petit-fils, je suis son tuteur légal, responsable de son éducation. J'ai la loi pour moi. Si vous l'emmenez de force, je porte plainte. J'ai des témoins !

– Vous vous posez en saint, mais n'êtes qu'un immonde salaud, Algernon Herzinger ! Vous en prendre de la sorte à un enfant sans défense ! Laissez-le tranquille et, puisqu'il vous insupporte, confiez-le-moi. Je suis prêt à vous dédommager… financièrement.

–De l'argent ! fit l'ex-prêcheur, dédaigneux. Hors d'ici, émissaire du diable, tu ne corrompras pas ma maison !

–Pour la dernière fois, Algernon, somma Robert, libérez ce garçon ou je vous troue la panse !

–Des menaces de mort, à présent ! glapit le patriarche. Vous avez tous entendu ! Vous êtes témoins !

Alors, Coyote parla, d'une voix hachée par l'effort et la douleur :

–Laissez-moi, m'sieur Lenemeur, fichez le camp ! Ils n'hésiteront pas à s'en prendre à vous et à votre famille. Rentrez chez vous et oubliez-moi ! Pour l'amour du Ciel, allez-vous-en ! Ici, c'est ma famille. Même s'ils me libèrent, je ne vous suivrai pas.

–Vous entendez mon petit-fils, ricana Algernon. Allons, partez, Lenemeur, vous n'avez rien à faire ici, et cessez de vous mêler de nos affaires, ou c'est nous qui nous mêlerons des vôtres !

La menace était suffisamment claire. Néanmoins, Robert fit une dernière tentative :

–Au nom du Ciel et de tous les saints, cessez de le maltraiter !

–Au nom de l'Éternel, je fais ce qui doit être fait. Et maintenant, filez !

La mort dans l'âme, Robert céda la place. Il n'y avait rien à faire pour le moment.

•

– Je connais l'existence de ce garçon, expliquait le shérif Edwards, assis devant une tasse de café. Je me doute aussi de ce qu'elle doit avoir de pénible, mais je ne peux pas intervenir, la loi est avec eux. Que voulez-vous, nos concitoyens sont rudes ; pour eux, rosser un gosse, c'est le devoir de tout bon parent. Cela les émeut moins que s'ils voient maltraiter un cheval ! Ils apprennent la vie à coups de pied au derrière. Tant qu'ils ne le tuent pas...

–Faut-il attendre cela ? se révolta Mariette.

–Je vous dis que je ne peux rien faire ! s'énerva le représentant de la loi.

–Pourquoi le traitent-ils de la sorte ? demanda Robert. Simplement parce qu'il a du sang indien dans les veines ?

–Ah, vous savez ? fit le shérif, surpris.

– Ce n'est pas très difficile à deviner. Qu'est-il arrivé ?

– À l'époque, il restait dans le coin des bandes d'Indiens qui refusaient de se laisser enfermer dans les réserves. Comme leurs territoires de chasse avaient été réquisitionnés par les colons, ils ne pouvaient plus vivre que de pillage et d'expédients. C'est une de ces bandes qui a razzié la région : elle a incendié quelques fermes, tué des colons et emmené deux ou trois enfants. Dont la fille cadette d'Algernon. Le patriarche est devenu quasiment fou. Il voulait monter une milice pour massacrer tous les Indiens qui se présenteraient sur son chemin. Malgré les recherches de l'armée, la gamine est restée introuvable. On ignorait si elle était toujours en vie. Les Herzinger espéraient qu'elle avait péri, qu'« elle avait gagné le paradis par un saint martyre », comme ils disaient. Mais elle n'était pas morte. Par un jeu complexe de trocs et d'échanges, elle s'est retrouvée dans une tribu comanche qui l'a adoptée. C'est tout naturellement qu'elle a été mariée à un guerrier.

– Quel sort horrible ! s'écria Mariette.

– Pas nécessairement, répliqua le shérif.

Il s'arrêta, mesurant du regard les réactions que ses propos allaient faire naître.

– En dépit de ce que les gens d'ici pensent généralement, les Indiens sont des hommes comme les autres, il y en a de bons et il y en a de mauvais. J'ignore à quelle catégorie appartenait celui qui l'a prise pour squaw, mais je suis certain que le sort de Jézabel n'a pas été pire que celui de ses sœurs ou des épouses des frères Herzinger. Car comme esclavagistes et comme brutes, ces types, ils se posent un peu là !

– Ça ! approuva Robert. Qu'est-il arrivé ensuite ?

– Quand, en 1875, les Comanches ont été réduits par l'armée et conduits sur la réserve de Fort Sill, ils ont dû rendre les prisonniers qu'ils détenaient encore. C'est comme ça que Jézabel a réintégré sa famille au bout de sept années de captivité. Vous pouvez imaginer l'état d'esprit du père, retrouvant sa fille vivante, certes, mais déshonorée par les sauvages, devenue presque une sauvage elle-même et, qui plus est, grosse de leurs œuvres ! Il a d'abord refusé de la reconnaître. Il a fallu qu'on intervienne pour qu'il reprenne sa fille chez lui. La gamine avait l'air déboussolé. Elle avait dû sacrément en baver. On pensait bien faire, on se disait qu'au sein de sa propre famille, elle retrouverait plus facilement ses repères. On ne sait pas ce qui s'est passé ensuite, ni quand elle a accouché. Comme on ne la voyait plus, on s'est enquis de sa santé. Sa sœur Noémie nous a dit qu'elle était morte, des suites des mauvais traitements infligés par les Indiens. Et aussi parce qu'il paraît qu'elle ne pouvait plus vivre avec cette honte. La honte, c'est le petit métis qui en a hérité.

Edwards soupira, finit sa tasse et se leva.

– À part essayer de convaincre ce vieil entêté d'Algernon et ses fils, je ne peux pas faire grand-chose. Je suis là pour appliquer la loi, et celle-ci n'interdit pas au père – ou au tuteur légal – de corriger son enfant, si dur que le châtiment vous paraisse.

– À propos… et le père de Coyote ? demanda encore Robert au moment où le shérif remontait en selle. Y aurait-il des chances pour que cet homme soit encore vivant ?

– L'Indien ? Qui sait ?… Écoutez, M. Lenemeur, un bon conseil en partant : si vous ne voulez pas d'ennuis, ne vous mêlez pas trop des affaires des autres. Par ici, les Herzinger sont des gens puissants…

•

Accroupi à sa place habituelle, dans l'ombre, sous l'escalier, Coyote réfléchissait. Petit à petit, sa résolution se forgeait. Donner à Algernon ce qu'il désirait, c'était la seule solution pour que le Vieux le laisse tranquille et lui accorde sa liberté. D'abord, le garçon devrait retrouver son père ; ou plutôt – car il ne pouvait songer à cet homme comme à un père – retrouver le sauvage qui avait imposé sa loi à sa mère. Si seulement ce scélérat était encore en vie ! Il faudrait qu'il l'approche, qu'il gagne sa confiance. À ce moment-là... il le tuerait !

Les autres étaient en train de souper, dans un religieux silence destiné à mieux apprécier les bienfaits de l'Éternel. Coyote aurait les restes... s'il en restait. Il disputerait au chien les os, aux lapins les tronçons de choux et les légumes pourris. Il attendit que la dernière bouchée soit achevée, que les actions de grâce soient récitées. Alors seulement, il osa entrer dans le cercle de lumière et s'approcher du patriarche. Algernon le toisa d'un air glacé. Coyote baissa la tête, se gardant bien de chercher à soutenir le regard de son grand-père.

– Je vous demande la permission de partir, Père. Je veux accomplir la volonté de Dieu... et la vôtre... en vengeant la mort de ma mère !

– Amen ! conclut Algernon d'un air triomphant.

Il tira du holster accroché au dossier de son fauteuil un colt qu'il posa bien en évidence sur la table massive.

Sur un signe de l'aïeul, Coyote saisit l'arme avec hésitation, la fit tourner entre ses doigts puis, d'un seul coup, la pointa sur le patriarche. Ses prunelles sombres se mirent à briller d'un éclat sauvage et meurtrier. Le vieil homme sourit, dédaigneux.

– Il n'est pas chargé, bâtard !

Coyote baissa les yeux et l'arme, dompté.

– Où puis-je trouver le chien qui m'a engendré ?

– Si je le savais, je l'aurais déjà exterminé ! Demande donc à Edwards, il sait beaucoup de choses. Peut-être acceptera-t-il de te dire, à toi, ce qu'il s'est toujours refusé à nous révéler. Que par ton bras la volonté du Tout-Puissant s'accomplisse ! Alors, peut-être, auras-tu une chance d'être sauvé des flammes de l'enfer !

•

Mariette venait de distribuer le grain aux poules et s'apprêtait à rentrer quand la sensation d'une présence toute proche la fit sursauter.

– Coyote ! s'exclama-t-elle, surprise. Je ne t'ai pas entendu approcher !

Le regard de l'adolescent brillait d'une inquiétante lueur. Mme Lenemeur nota la ceinture à cartouchière, le revolver à son côté droit, le sac qu'il portait sur l'épaule…

– Tu t'en vas ? demanda-t-elle.

– Je vais en ville, répondit-il. Je dois parler au shérif.

– Tu veux porter plainte contre ton grand-père ?

Il la considéra avec stupeur.

– Pourquoi ?

– Mais… pour mauvais traitements ! Les coups de fouet…

Coyote haussa les épaules.

– C'est du passé. Je m'étais mal comporté. Je dois extirper le mal qui est en moi. C'est Père qui a raison…

Mariette se mit à craindre que le jeune homme n'ait plus toute la sienne, de raison !

– Qu'est-ce que tu vas faire, alors ?

– Je veux retrouver mon « père », l'Indien qui m'a engendré.

– Pourquoi ? demanda la voix de Robert derrière lui.

Coyote se retourna avec colère.

– Parce que c'est mon devoir et c'est mon droit ! N'est-ce pas le désir légitime d'un fils, fût-il bâtard, que de vouloir connaître son père ?

–Tu as raison, garçon, pardonne-moi. Le patriarche accepte que tu fasses cette démarche ?

–Je ne le lui ai pas demandé, mentit Coyote.

–Et tu comptes faire la route à pied ?

–Je n'ai pas de monture…

–Je pourrais t'en prêter une.

Le visage du jeune homme s'éclaira.

–Vrai ? Vous feriez cela ?

–Reste déjeuner avec nous, proposa Mariette.

Coyote secoua la tête, pressé de s'éloigner. Trahir la confiance de ces braves gens lui pesait.

–Je n'ai pas le temps, s'excusa-t-il. Je pourrais voir Céline ?

–Elle est dans sa chambre.

L'adolescent toqua à la porte de la jeune fille. Quand elle lui eut ouvert, elle lui prit les mains et les serra avec émotion.

–J'ai eu si peur pour toi ! Papa nous a raconté comment ce monstre t'avait…

–Ce n'est rien ! mentit Coyote bravement. Plus d'humiliation que de mal. Mais cette fois, je m'en vais. Loin, pour que le Vieux ne s'en prenne plus à vous. Je voudrais retrouver mon père.

–C'est une excellente idée ! s'écria Céline.

Elle vit à son regard qu'il ne partageait pas cet enthousiasme. Pourquoi faisait-il cela, alors? Qu'espérait-il trouver?

–Tu reviendras, n'est-ce pas? demanda-t-elle, pleine d'espoir. Quand tu auras obtenu ce que tu cherches? Quand le patriarche ne pourra plus rien faire contre toi? Je t'attendrai.

Coyote la dévisagea avec étonnement.

–M'attendre, moi? fit-il, amer, brutal. Moi, un métis sans le sou? Une moitié d'Indien? Qu'est-ce que tu peux attendre de moi?

–Mais… je t'aime! répliqua-t-elle, les larmes aux yeux.

–Tu n'es qu'une petite fille! Pourquoi te soucier d'un sale coyote? Quand tu seras plus grande, tu réfléchiras, et tu feras ta vie avec quelqu'un qui te vaille, un gros fermier plus riche – et plus blanc – que moi!

Plantant là Céline, muette de stupeur, il gagna rapidement la cour où Robert avait déjà préparé un cheval, sauta en selle et s'éloigna sans un regard en arrière.

–Cela ne me plaît pas, marmonna Robert. Le garçon nous cache quelque chose. J'ai peur qu'il ne cherche à faire une bêtise.

–Tu crois qu'Algernon est derrière tout ça?

–Je n'en doute pas une seconde, et c'est bien ça qui m'inquiète! Tu connais le vieux! S'il n'avait pas voulu du départ de son petit-fils, il ne l'aurait pas laissé s'en aller.

•

Au bout d'une semaine de chevauchée, se fiant aux indications que le shérif Edwards avait bien voulu lui donner, Coyote était arrivé aux limites de la réserve comanche de Fort Sill. Son cœur se mit à battre plus fort. Il avait été élevé dans la haine et le mépris de ces hommes qu'il allait rencontrer, par un vieillard qui avait pris un amer plaisir à retourner contre ceux qui lui avaient volé sa fille un bâtard issu de leur propre sang. Nul doute que, s'il allait jusqu'au bout de son dessein, il ne ressortirait pas vivant de cet endroit. Coyote savait cela, et aussi qu'avant même de connaître ses origines, il avait été longuement, méthodiquement conditionné pour accomplir le geste qu'il allait perpétrer. Mais s'il voulait cesser de se haïr lui-même, s'il voulait gagner enfin la considération des siens, se faire une place dans la société, il fallait qu'il tue celui qui l'avait engendré, c'était inévitable. À ce prix-là seulement, son grand-père accepterait de le traiter en être humain. Du moins, c'est ce qu'il espérait…

Tout à ses pensées, Coyote n'avait pas entendu les cavaliers approcher. Il ne s'aperçut de leur présence qu'après qu'ils l'eurent encerclé. Des Indiens! C'était la première fois qu'il en voyait. Malgré ses préjugés, et en dépit des loques qui les recouvraient, il ne put s'empêcher de les trouver superbes. Privés de leur liberté de mouvement par le gouvernement, coupés de leurs territoires de chasse et de leurs occupations traditionnelles, appauvris, affamés, il ne leur restait plus que cela de leur existence passée: leur fierté.

C'étaient des jeunes gens à peine plus âgés que lui. L'un d'eux l'apostropha dans une langue gutturale, parut étonné qu'il ne comprît pas et répéta sa question en anglais:

–Que viens-tu faire ici? Ignores-tu que tu es sur une terre tribale? Tu dois avoir une bonne raison d'être là. Sinon…

Coyote acquiesça nerveusement:

–Je suis des vôtres. Je dois parler à Quatre-Doigts.

–Qu'est-ce que tu lui veux, à Quatre-Doigts?

Coyote se tourna vers celui qui avait posé cette question, un jeune Comanche un peu plus grand et élancé que les autres, au fin visage, aux longs cheveux tressés.

–Je suis son fils, assura l'adolescent.

L'Indien ricana :

– Alors, ça, ça m'étonnerait !

– Et pourquoi donc ? demanda Coyote avec colère.

– Parce que Quatre-Doigts n'a qu'un seul fils, et que ce fils, c'est moi !

Ce fut un choc pour le garçon. Il n'avait pas songé une seule seconde qu'il pût avoir un frère indien. Un demi-frère, sans doute ? Il posa quand même la question :

– Qui est ta mère ? Est-elle toujours de ce monde ?

– Je l'ignore, fit l'autre, intrigué par cet interrogatoire concernant sa famille. Elle a été enlevée par les soldats bleus quand j'avais trois printemps. Je m'en souviens à peine. Pourquoi ?

– C'était une femme blanche, n'est-ce pas ?

– Eh bien… oui. Mais pourquoi… ?

– Quand les soldats l'ont emmenée, elle était enceinte. Elle est morte peu après ma naissance. J'ai été élevé par sa famille blanche.

– Ah ça !

L'Indien le considéra un moment, les yeux ronds. Puis il approcha son cheval de l'adolescent et lui donna l'accolade. Les autres se mirent à rire en commentant l'événement.

–Mon frère ! Ainsi, c'est toi, mon petit frère ? C'est Quatre-Doigts qui va être content ! Il savait que Jee-Zah portait un enfant dans son ventre quand elle lui a été enlevée, mais il te croyait perdu à jamais !

–Nous… nous avons d'autres frères et sœurs ? demanda Coyote, premier surpris par cette question.

–Pas de frère, non… Enfin, pas à ma connaissance, rit l'Indien. Mais des sœurs, ah ! là là ! plein de sœurs, une main et demi de sœurs ! Toshaway, la seconde femme de notre père, elle ne sait faire que des filles !

Cela déchaîna une nouvelle crise d'hilarité dans la bande qui entourait Coyote.

–Suis-nous, mon frère, suis-nous au village. Au fait, je ne sais même pas comment tu t'appelles !

–… Coyote, répondit l'adolescent après une hésitation.

L'Indien sourit largement.

–Frère Coyote ! C'est un beau nom ! Moi, c'est Cheval-Sauvage. Ça aussi, c'est un beau nom !

Village, c'était un bien grand mot pour le groupe de bungalows branlants et de tipis de toile qui formaient l'habitat de la tribu. L'une des maisons les plus spacieuses, cependant, ou des moins misérables, était la demeure de Quatre-Doigts. À sa descente de cheval, Coyote se vit environné par toute une nuée de jeunes filles brunes vêtues de jupes multicolores, curieuses et babillant. Quand Cheval-Sauvage leur eut appris, dans leur langue, que le nouveau venu était leur frère, celui-ci fut submergé par les embrassades et les accolades. Une matrone plus âgée et imposante contemplait la scène à distance d'un air réprobateur.

– Notre belle-mère, Toshaway, présenta Cheval-Sauvage.

Coyote s'inclina gauchement, la matrone lui répondit d'un signe de tête.

– Viens, que je te présente à notre père !

Les deux jeunes gens se dirigèrent vers le potager situé à l'arrière de la maison. Un homme sarclait le sol, protégé du soleil par un chapeau de feutre.

– Quatre-Doigts ! appela Cheval-Sauvage.

L'homme se retourna. Coyote se retrouvait enfin face à son père ! L'Indien était dans la force de l'âge. Un réseau de petites rides autour de ses yeux lui donnait un regard malicieux. Sa longue chevelure poivre et sel était ramenée en deux tresses derrière son dos. Il était vêtu d'une chemise à carreaux, d'un gilet et d'un pantalon de toile comme n'importe quel fermier blanc.

Mais son pantalon était retenu à la taille par une ceinture de cuir à large boucle d'argent ornée de turquoise, de facture typiquement indienne. Intrigué, il s'avança vers les deux garçons.

– Quatre-Doigts, celui-ci dit être le fils de Jee-Zah, ma mère, le fils qu'elle attendait dans son ventre quand les soldats l'ont emmenée. C'est ton fils, papa, c'est mon frère. Tu te rends compte ?

L'homme accueillit la nouvelle sans démonstration excessive. Il examina longuement l'adolescent.

– Il dit vrai ! prononça-t-il enfin en souriant. Mon cœur bondit de joie dans ma poitrine : sur son visage, comme sur celui de son frère aîné, ce sont les traits de ma chère épouse que je revois.

« Ma chère épouse ? » Assurément, Coyote ne s'attendait pas à un tel discours dans la bouche de son père, ni à un tel accueil de la part de sa famille indienne ! Il s'était attendu à trouver des sauvages farouches, solennels, méfiants, agressifs, arrogants, desquels il aurait eu beaucoup de mal à se faire comprendre… Mais certainement pas des gens aimables et chaleureux ! C'était sa famille maternelle qui, tout à coup, lui paraissait sauvage, barbare et exotique.

•

– Quatre-Doigts, demanda Coyote, pourquoi l'as-tu enlevée ?

– Quoi ?

– Ma mère Jézabel. Pourquoi l'as-tu ravie aux siens ?

Ils étaient seuls dans la pièce commune. Il était tard, les nombreux parents, amis et voisins étaient enfin allés se coucher. Fasciné, le garçon avait écouté, des heures durant, son père évoquer le temps où les Comanches étaient libres d'aller et venir de la rivière Arkansas jusqu'au Rio Grande, le temps des grandes chasses dans la prairie, le temps d'avant les tuniques bleues.

L'Indien toisa son fils avec stupeur.

– Je ne l'ai pas enlevée ! s'exclama-t-il.

– Mais on m'a raconté...

– Elle a été enlevée par des Indiens, c'est vrai. Mais je n'y suis pour rien ! Un jour, des hommes viennent dans notre campement. Des *comancheros*, des blancs et des métis. Ils trafiquent l'alcool, les armes, les femmes et les chevaux. Ils ne sont pas bienvenus. Des hommes comme ça n'apportent que des ennuis. Mais ils ont des choses à vendre, nous aussi. Jee-Zah est avec eux. Elle est très petite, elle a l'air triste et effrayé. Je l'achète.

À cette époque, je suis un jeune guerrier, je n'ai pas encore de femme. Je vis sous le tipi avec ma mère, mais elle devient vieille. Je pense : une jeune femme peut l'aider. Petit à petit, on devient amis, Jee-Zah et moi. Après quelques saisons, je lui demande de devenir ma femme. Elle veut bien.

– Tu ne l'as donc pas forcée ?

– Non ! s'indigna Quatre-Doigts.

Il se mit à rire.

– Un proverbe comanche dit : « *Si tu veux porter des cornes, prends une épouse qui ne veut pas de toi !* »

Après un court silence, il reprit, mélancolique :

– C'était une bonne épouse, la meilleure des compagnes. Je regrette beaucoup quand les soldats l'ont emmenée…

– C'est elle qui a voulu partir, retourner chez les siens ?

– Oh non ! s'exclama l'Indien. Non, elle n'a pas voulu !

– Mais alors, pourquoi a-t-elle suivi les soldats ?

L'Indien serra les poings, gronda :

– Les fusils dans les reins, nous n'avons pas le choix ! Les hommes blancs savent ce qui est bon pour les uns et bon pour les autres. J'ai caché Petit-Cheval, sinon, lui aussi ils le prennent !

# 3

Il faisait une chaleur presque estivale en cette matinée de mai 1899. Mariette Lenemeur, assise dans la cuisine, égrenait du maïs tout en surveillant la cuisson du repas. Elle attendait le retour de son mari et de sa fille, partis mener les troupeaux jusqu'à un point d'eau éloigné. Sa fille ! C'était une drôle de vie qu'ils lui faisaient mener ! Robert n'avait pas les moyens d'engager de la main-d'œuvre. Céline aidait son père de son mieux, en vrai cow-boy, et semblait aimer cette rude existence, mais Mariette rêvait pour elle d'autre chose. Peut-être devraient-ils gagner la ville. On disait le travail en usine moins pénible, moins soumis aux aléas du temps et des saisons…

Soudain, un martellement de sabots retentit dans la cour. Un cheval renâcla. Mariette se leva, pleine d'espoir. Sa fille et son mari, déjà ?

Par la fenêtre, elle vit les cavaliers… et se jeta en arrière, le cœur battant !

C'étaient deux vagabonds sales et dépenaillés, montés sur des poneys. Leurs longs cheveux d'un noir de jais flottaient sur leurs épaules. L'un d'eux, dont le cheval était sellé, portait un chapeau cabossé surmonté d'une plume et ses pieds étaient chaussés de bottes éculées. L'autre, qui allait nu-tête et les pieds nus, montait à cru.

– Des Indiens ! murmura Mariette, mortellement inquiète. Qu'est-ce qu'ils nous veulent ?

Rouges, blancs ou noirs, les pillards de tous poils n'étaient pas rares à s'en prendre aux fermes isolées et sans défense. Fébrile, Mariette décrocha le fusil familial et le chargea. L'homme au chapeau sauta à bas de sa monture et se dirigea vers la maison. Il portait un colt au côté droit. L'autre, sur son poney, semblait nerveux et lançait de tous côtés des regards inquiets. L'angoisse de Mariette augmenta. Quand l'homme frappa à la porte, elle faillit tirer à travers le bois. Elle se maîtrisa à grand-peine, resta tapie dans l'ombre, espérant qu'il passerait son chemin. Mais l'inconnu insista. Son visage apparut à contre-jour à travers les carreaux de la fenêtre. Avait-il aperçu Mariette ? Le sang de la femme se figea.

« Pour l'amour du Ciel !... » pria-t-elle silencieusement.

– Mme Lenemeur ! appela une voix mâle. Robert Lenemeur ! Êtes-vous là ?

Mariette resta coite de stupéfaction : comment ce vagabond pouvait-il connaître leurs noms ? Était-ce un piège ?

– Qui... qui est là ? osa-t-elle enfin articuler.

– Coyote, répondit la voix.

Madame Lenemeur mit encore quelques secondes à réaliser avant d'ouvrir la porte.

– Coyote ? murmura-t-elle, intimidée par l'homme qui se dressait devant elle et qu'elle reconnaissait à peine.

– Mais oui, c'est bien moi !

Ils tombèrent dans les bras l'un de l'autre, pleurant et riant à la fois.

– Mon Dieu, Coyote, cela fait si longtemps ! Huit ans ! Ce que tu as changé ! Tu es un homme, à présent ! Tu dois avoir… voyons… dans les vingt-trois ans, non ?

–Pour votre part, M$^{me}$ Lenemeur, vous n'avez pas du tout changé !

–Petit flatteur, va ! Nous désespérions de te revoir un jour. Qu'as-tu fait pendant toutes ces années ?

C'est alors qu'elle se souvint de la présence du second cavalier. Elle lui jeta un regard intrigué. Coyote apostropha son compagnon dans une drôle de langue. L'Indien glissa à bas de son cheval et s'approcha.

–M$^{me}$ Lenemeur, je vous présente Cheval-Sauvage, mon frère. C'est mon véritable frère, précisa Coyote fièrement. Nous sommes du même sang, de mêmes père et mère.

De fait, Mariette trouva un air de ressemblance indéniable entre les deux jeunes gens.

–Enchantée de faire votre connaissance, M. Cheval-Sauvage ! Soyez le bienvenu. Il comprend ce que je dis, au moins ? murmura-t-elle.

Coyote sourit sans répondre.

–Mais où ai-je la tête ? Entrez, entrez ! Venez vous rafraîchir ! Vous devez avoir soif ! Vous chevauchez depuis longtemps ?

Coyote fit un geste évasif de la main. Ils chevauchaient en fait depuis des jours. Ils étaient épuisés. Et ils avaient grand-soif. Et grand-faim !

Ils s'assirent tous les trois autour de la table, subitement intimidés.

– Tu as retrouvé ton père ? demanda Mariette.

Coyote acquiesça en souriant. Qu'est-ce qu'il y avait de changé en lui ? se demanda la Française. Soudain, elle comprit : son sourire ! Il avait l'air heureux ! Elle ne l'avait jamais vu heureux. Elle ne l'avait jamais entendu rire, quand il était enfant.

•

Céline rentrait à la maison en tenant son cheval par la bride. Tempête s'était blessé et boitait bas.

– Salut ! s'écria une voix mâle derrière elle.

Elle se retourna brusquement et une légère contrariété se peignit sur ses traits.

– Amos ! dit-elle en s'efforçant de sourire. Ça va ?

– Ça va. Mais on ne te voit plus beaucoup au village, ces derniers temps.

– C'est que je travaille. Mon père a besoin de bras.

– C'est d'un homme dont ton père aurait besoin. D'un homme dont vous auriez tous besoin.

Elle haussa les épaules, agacée.

– Mais non, ça va très bien comme ça ! Je suffis à la tâche.

Amos esquissa un sourire ironique. Il était horripilant quand il souriait comme ça, suffisant, sûr de lui ! songeait Céline. Pourtant, malgré ses préventions, elle devait s'avouer que l'assurance du garçon, sa carrure, son visage énergique et sa chevelure blonde en bataille ne la laissaient pas insensible.

– Qu'est-ce qu'il a, ce cheval ? demanda-t-il.

– Il s'est blessé.

D'autorité, Amos prit la patte de l'animal et dégaina son couteau.

– Hé ! Qu'est-ce que tu fais ? Ne va pas lui faire de mal ! s'écria Céline.

– J'ai passé l'âge de ce genre de blague, tu ne crois pas ?

D'un geste preste, il ôta une pierre coincée entre le fer et le sabot.

– Et voilà le travail ! Toujours sûre de ne pas avoir besoin d'un homme ?

– Pfff ! maugréa-t-elle. Papa aurait tout aussi bien pu le faire.

– Bien sûr… mais il y a des choses qu'il ne peut pas faire, ton papa…

Il la prit dans ses bras, l'air enjôleur. Elle se dégagea vivement.

– Mais laisse-moi donc !

– Tu n'as pas toujours dit ça.

– Je me suis laissé prendre une fois à tes boniments, et je le regrette ! Je te l'ai déjà dit, Amos : il ne peut rien y avoir entre toi et moi. D'abord, tu ne peux pas épouser une catholique !

– Tu pourrais te convertir. Et puis Grand-Père n'est pas éternel, il ne sera pas toujours là pour nous dicter sa loi !

– Possible. Mais pour l'instant, il est là et bien là, vert comme un jeune homme, mauvais comme la gale. Je déteste aussi ton père et tes oncles, et il n'est pas question que je devienne une Herzinger, tiens-le toi pour dit !

Amos baissa la tête.

– On pourrait partir, toi et moi. Aller en ville. Oncle Joseph nous aidera. Tu n'as pas envie d'une autre existence ? Jouer au paysan toute ma vie, très peu pour moi ! Je pourrais me faire embaucher dans une usine, à Saint-Louis ou à Chicago. On aurait un appartement rien que pour nous deux, on irait au théâtre, à ce spectacle nouveau, aussi, le cinématographe. On aurait la belle vie tous les deux. Qu'est-ce que tu en penses ?

Céline secoua la tête.

– C'est non. Mes parents ont besoin de moi. Et puis j'aime ce coin d'Amérique et l'existence qu'on y mène, la nature, les chevaux, les troupeaux, les grands espaces. M'enfermer dans des rues grises, entre les murs sinistres d'un immeuble, quelle horreur ! Bon, il faut que je rentre, à présent, maman va s'inquiéter.

Amos lui barra le passage. Son regard s'était durci.

– Je ne suis pas assez bien pour toi, c'est ça ?

– Ne sois pas stupide ! Et arrête de me regarder ainsi ! Tu ressembles à ton père Joshua !

– Alors, c'est peut-être que tu en aimes un autre ?

– Voilà, c'est ça, lança-t-elle étourdiment pour s'en débarrasser, c'est que j'en aime un autre. Maintenant, laisse-moi passer.

Il posa une main sur son épaule.

– Qui c'est ?

– Ça ne te regarde pas.

– C'est quelqu'un du village ?

– Non.

–Tu as tort de me chercher. Je ne te laisserai pas passer avant que tu m'aies répondu.

Céline en avait assez. Cette insistance l'agaçait.

–Alors ? Tu me réponds ? insista-t-il.

–C'est ton cousin ! le défia-t-elle.

–Hein ? Lequel ? Siméon ? Timothée ? Roboam ? Pas Aaron, tout de même ? Alors, qui ? Lequel d'entre eux ?

–Aucun des quatre. C'est un cinquième : Coyote.

–Quoi ? Tu te fiches de moi ! Il a disparu depuis des années !

Céline baissa la tête : huit ans. Elle les avait comptés.

–Le jour de son départ, j'ai promis de l'attendre. Il reviendra, je le sais, martela-t-elle comme pour s'en convaincre elle-même. Ce jour-là, je l'épouserai !

Amos éclata d'un rire cruel.

–Tu peux l'attendre longtemps, ton bâtard, ce demeuré, ce déchet de l'humanité !

–De toute votre bande de dégénérés, c'est le seul Herzinger valable ! cria-t-elle. Maintenant, tu me laisses passer ou j'appelle à l'aide !

–Et qui veux-tu qui t'entende, ma pauvre fille ?

–Moi, peut-être ! fit une voix derrière Amos.

Le garçon se retourna d'un bloc.

–M. Lenemeur ! s'exclama-t-il, surpris.

Il ne l'avait pas entendu s'approcher.

–Céline, il t'embête? gronda Robert.

–Non, papa, ça va. Justement, il s'en allait.

Amos marmonna un vague salut avant de disparaître.

–Je n'aime pas beaucoup le voir te tourner autour. Tu connais mes rapports avec cette famille!

–Elle ne m'est pas plus sympathique qu'à toi, papa, alors, aucun danger que je devienne une Herzinger!

•

– Dis donc, garçon, avec qui parlais-tu?

Amos leva craintivement les yeux sur son grand-père qui le dominait de toute la hauteur de son cheval.

–Avec la fille des voisins.

–Tu sais qu'il me déplaît que vous vous fréquentiez.

–Oui, Père.

–C'est une petite dévergondée.

–Oui, Père.

–Une âme perdue élevée dans une religion dévoyée.

–Oui, Père.

–Son père est un impie et un scélérat.

–Oui, Père.

– Et malgré cela et mes interdictions, tu continues à lui parler ?

– C'est que…

Le regard du vieillard flamboya de rage et Amos renonça à s'expliquer. Joshua, qui chevauchait derrière son père, se porta à sa hauteur.

– Père, lui glissa-t-il à mi-voix, le garçon n'a peut-être pas tout à fait tort…

– Quoi ? s'étrangla le Vieux. Tu prends sa défense ?

– Dois-je vous rappeler, Père, que les terres des Lenemeur jouxtent les nôtres et que cette gamine est fille unique ?

– Hum… grommela le patriarche.

– Père, voyons, ce n'est pas négligeable. Nous sommes une famille nombreuse…

On voyait que l'idée faisait son chemin dans l'esprit du vieil homme. Il se pencha vers son petit-fils.

– En dépit de tous ses défauts, dit-il enfin, cette jeune fille est une âme en perdition que le Seigneur, dans sa grande mansuétude, nous commande de ramener à Lui. Amos, tu peux te charger de cette noble tâche. Convertis-la, puis épouse-la. À cette seule condition, je t'autorise à la fréquenter.

•

Comme Robert et Céline arrivaient en vue de la ferme, la présence des poneys attira leur attention. Lenemeur commanda à sa fille de rester à distance tandis qu'il s'approchait prudemment. Les marques que portaient les bêtes, la manière dont elles étaient sellées et bridées, ne laissaient planer aucun doute sur l'origine de leurs propriétaires.

– Des *palominos* ! songea-t-il, inquiet. Des poneys indiens ! Qui peut bien nous rendre visite avec des montures pareilles ?

Personne du village, en tout cas ! À tout hasard, Robert dégaina son revolver. Au même moment, un étrange personnage sortit de la maison. Surpris, le fermier leva son arme…

– Robert ! cria Mariette, arrêtant net le geste de son mari. C'est Coyote ! Tu ne le reconnais pas ?

Lenemeur, pétrifié, détaillait le visage brun au profil d'aigle, la longue chevelure aile de corbeau entremêlée de fines tresses, les larges épaules, le corps puissant dont les muscles se dessinaient sous l'étoffe délavée de la chemise… L'homme tendit sa main gauche, paume ouverte, et le fermier put apercevoir une fine cicatrice sur le poignet.

– Coyote ! s'exclama Robert en rengainant son arme. Mais oui, c'est bien toi ! Ah ça alors, c'est formidable !

Tapie à bonne distance, Céline vit son père serrer l'inconnu dans ses bras et lui assener de grandes claques dans le dos. Elle jugea qu'elle pouvait à son tour approcher sans risque. Intriguée, elle tentait de deviner qui pouvait bien être ce type mis comme un vagabond que ses parents semblaient si bien connaître. Non, ça ne pouvait être…

– Coyote ? hasarda-t-elle à haute voix.

Il se retourna. Elle le reconnut tout de suite. Il lui parut encore plus grand, plus fort et plus beau que dans son souvenir. Elle ne vit pas ses haillons, elle ne vit que son sourire et l'éclat du regard qu'il posa sur elle.

– Céline ! Tu es une femme, à présent ! murmura-t-il.

Céline rougit, s'efforça de cacher son embarras sous un éclat de rire. La coïncidence était si extraordinaire ! Elle venait d'évoquer son nom quelques minutes plus tôt devant Amos, et voilà qu'il apparaissait en chair et en os après huit longues années d'absence !

– Coyote ! Où étais-tu passé pendant tout ce temps ?

À l'intérieur de la maison, une autre surprise de taille attendait le père et la fille : un deuxième Peau-

Rouge, debout près de la fenêtre, les dévisageait avec curiosité.

– Voici Cheval-Sauvage, présenta Coyote. Mon frère aîné. C'est aussi un fils de Jézabel.

Robert pouffa de rire.

– Je sens qu'Algernon va apprécier !

À ce nom, Coyote se rembrunit.

– Il est toujours de ce monde ?

– Qu'est-ce que tu crois ? gloussa Lenemeur. Plus alerte et autoritaire que jamais, le vieux crabe continue à tyranniser son monde pour la plus grande gloire de Dieu !

– Je ne sais si nous avons bien fait de venir...

Robert haussa les épaules.

– Ton grand-père n'a pas changé. Je ne sais pas à quoi tu t'attendais en revenant ici, mais...

– Cheval-Sauvage voulait connaître la famille de notre mère. Quant à moi...

Coyote jeta un rapide coup d'œil à Céline. Cheval-Sauvage interpella son frère en comanche tout en désignant la jeune fille. Coyote rougit et rabroua vivement l'Indien dans la même langue. Celui-ci éclata d'un rire moqueur.

– Que dit-il ? demanda Céline, interloquée. Il ne parle pas anglais ?

– *Jamais avec des Blancs que je ne connais pas !* lança Cheval-Sauvage dans sa langue paternelle, coupant court à la réponse de son cadet.

– Il ne le parle pas très bien, traduisit Coyote, embarrassé.

Puis, se tournant vers son frère :

– *Que tu le veuilles ou non, tu es à moitié blanc toi-même, espèce d'idiot !*

– *L'appartenance à un peuple n'est pas seulement une question de couleur*, répliqua l'autre avec dignité.

•

Pendant le repas, les Lenemeur questionnèrent Coyote sur ce qu'il avait fait pendant ces huit années d'absence. Il leur dit qu'il avait passé tout ce temps sur la réserve comanche de Fort Sill.

– Comment vit-on, là-bas ? demanda Robert.

– Ce n'est pas toujours facile, répondit le jeune homme.

Sous les questions de son hôte, il finit par avouer la disette endémique, les promesses du gouvernement non tenues, les détournements de fonds par les agents du Bureau des affaires indiennes, les livraisons de vivres avariées, insuffisantes, les violations de traité, les fermiers qui, au mépris des conventions, faisaient paître leurs bêtes sur les terres tribales, n'hésitant pas à chasser ou à « annexer » les troupeaux des Indiens, les efforts des hommes blancs pour lutter contre les « coutumes et superstitions », détruire la religion des Comanches et leur imposer de force le christianisme, les persécutions contre les « hommes-médecine », les habitants de la réserve qui mouraient en grand nombre, victimes de la misère, du désespoir, de l'alcool et des épidémies…

Au fur et à mesure qu'il parlait, le visage de ses interlocuteurs s'allongeait. Ils ignoraient tout cela, bien sûr. Après une résistance acharnée, désespérée, contre ceux qui volaient leurs terres, les Indiens avaient rendu les armes ; cédant à la force, ils avaient accepté les conditions des vainqueurs. On se fût attendu à ce que ceux-ci leur garantissent à présent la paix et des conditions de vie décentes…

Cheval-Sauvage, assis en face de Mariette, mastiquait sa nourriture, impassible, semblant ne pas comprendre ce qui se disait. M^me^ Lenemeur lui jetait des regards embarrassés, comme si elle se sentait directement responsable à son égard de toutes les exactions commises par les Blancs contre son peuple. Robert s'indignait à haute voix. Quant à Céline, l'appétit coupé, elle fut incapable de finir son repas.

Mais Coyote ne voulait pas laisser ses hôtes sur une impression aussi pénible. Il dévia la conversation sur les coutumes des Comanches, leur façon de vivre, et surtout l'accueil qu'il avait reçu au sein de sa nouvelle famille.

– Ils sont très solidaires et s'entraident en cas de coup dur. Ils partagent entre eux le peu dont ils disposent. Les enfants sont élevés avec beaucoup de douceur et de liberté. C'était tellement différent de ce que j'avais connu jusque-là ! acheva-t-il avec amertume.

Après le repas, Robert emmena les jeunes hommes voir son troupeau. En fin d'après-midi, Céline se rendit à l'enclos situé derrière la ferme, transportant dans une brouette du foin et de l'avoine destinés à Blue Belle, la jument noire, et à son poulain. Assise à califourchon sur la barrière, elle admirait les évolutions des deux bêtes quand une voix la tira de sa contemplation :

– Céline !

Elle se retourna. Après s'être assuré qu'ils étaient seuls, Amos s'approcha de l'enclos. Prévenant les protestations de la jeune fille, il s'empressa de dire :

– Je suis venu présenter mes excuses. Ce matin, je me suis conduit comme un imbécile.

– C'est exact, fit Céline sévèrement.

Néanmoins, l'air désolé du garçon la dérida. Elle était d'excellente humeur.

– Je n'ai pas cru un mot de ce que tu m'as dit à propos du coyote, dit Amos. Je sais bien que tu me faisais marcher. Mais je l'avais mérité. Est-ce que tu me pardonnes ?

Céline se mordit la lèvre. Coyote ! Elle avait été bien inspirée de prononcer ces paroles imprudentes, tiens ! Quand Amos apprendrait le retour de son cousin, il ne pourrait manquer de faire le rapprochement avec ce qu'elle avait dit, et... Ah ! là là ! dans quelle galère s'était-elle fourrée, et Coyote avec ! Elle devait égarer les soupçons du jeune Herzinger !

– Bien sûr que je te pardonne ! minauda-t-elle.

Il lui tendit un petit paquet.

– C'est pour toi, dit-il.

Intriguée, elle déplia le papier : il contenait un bracelet de perles.

–C'est très gentil…

Elle sourit, embarrassée.

–Mais je ne peux pas l'accepter, ajouta-t-elle en le lui rendant.

–Tu es encore fâchée contre moi ! gémit-il.

–Ce n'est pas ça, mais… ne te fais pas des idées ! Je ne suis amoureuse de personne, ni de toi ni d'aucun homme. Je ne veux pas me marier. Si j'acceptais ton présent, tu pourrais t'imaginer des choses qui ne sont pas.

Il baissa la tête.

–Cela n'a rien à voir avec ce qui s'est passé tout à l'heure, précisa-t-elle. Je n'ai pas encore décidé de mon avenir. Je ne veux que ma liberté.

–Dans ce cas, j'ai peut-être mes chances ? demanda-t-il, plein d'espoir.

–Peut-être, fit-elle, évasive.

–Laisse-moi juste essayer !

Elle allait répondre quand le bruit d'une galopade leur fit tourner la tête. Trois cavaliers apparurent sur le chemin.

–Tiens ? Vous avez des visiteurs ? Mais… ce sont des Indiens ! s'exclama Amos.

–Et alors ? répliqua Céline, agressive.

–Je ne savais pas que ton père frayait avec ces gens-là !

En voyant Amos, Robert dirigea son cheval droit sur lui.

–Dis donc ! lança-t-il. Céline t'avait dit qu'elle ne voulait plus te revoir, je crois !

–J'étais venu lui demander pardon, marmonna le garçon. Je vous prie, vous aussi, de bien vouloir accepter mes excuses.

Tout en parlant, il scrutait avec curiosité les deux hommes qui escortaient Robert. Il trouva à l'un d'eux, celui dont le chapeau orné d'une plume cachait en partie le visage, un air vaguement familier. Où l'avait-il déjà rencontré ?

–Ça ira pour cette fois, Amos, fit Robert dignement.

Il ne pouvait en vouloir à un homme qui demande pardon. Il ne pouvait en vouloir au garçon pour l'attitude désagréable de sa famille.

De son côté, Coyote dévisageait lui aussi le jeune Herzinger avec insistance.

–Bonsoir, Amos ! prononça-t-il enfin d'une voix émue.

Il ôta son couvre-chef.

–Tu ne me reconnais pas ?

– Le coyote ! souffla Amos. Ça alors ! Tu es revenu ?

– Ce matin-même.

– Qu'est-ce que tu viens faire ?

– Je suis chez moi, non ? Lost Eden, c'est aussi chez moi !

– Mais tu es devenu…

– Un Indien ? compléta Coyote avec humeur. Je n'ai jamais cessé d'en être un – à moitié. J'ai retrouvé mon autre famille, j'ai vécu chez les Comanches durant huit ans. Je n'ai pas tué mon père et n'ai pas l'intention de le faire, tu peux le dire au Vieux ! En revanche, j'ai ramené un frère.

Il désigna Cheval-Sauvage.

– C'est également un fils de Jézabel, un second petit-fils métis pour Algernon. Tu peux le lui dire aussi, au Vieux. Cheval-Sauvage aimerait bien connaître sa famille blanche.

Amos, effaré, gardait le silence. Son regard allait alternativement de Cheval-Sauvage au coyote, il avait du mal à réaliser.

– Qu'es-tu venu faire ? articula-t-il enfin. Te venger ?

– Moi ?

Coyote éclata de rire.

–Me venger ? Et de quoi ? De la haine, du mépris, du manque d'amour ? Des coups de fouet ? De la faim ? D'une enfance gâchée ? Aucune vengeance ne peut compenser cela. C'est trop tard. C'est passé. J'ai coupé les ponts. Vous n'existez plus pour moi. Vous n'êtes plus rien. Tu peux le dire au patriarche.

–Ben alors, tu es revenu pour quoi ?

–Je te l'ai dit, mon frère souhaite faire la connaissance de sa famille blanche. Si elle veut bien. Quant à mes raisons… elles ne vous concernent pas !

Son regard glissa rapidement sur Céline. Si discret que fût ce coup d'œil, il ne put échapper à Amos, qui tiqua. Et si Céline avait dit vrai ? Impossible, se rassura aussitôt le jeune Herzinger, elle ne peut tomber amoureuse de ce va-nu-pieds loqueteux et mal blanchi !

•

Le soir venu, Coyote, embarrassé, dit à ses hôtes :

–Il serait normal que nous soyons hébergés dans notre propre famille. Mais compte tenu des rapports un peu… tendus que nous entretenons… enfin, je vous demanderai si vous vouliez bien nous accorder un coin de grange, à mon frère et à moi…

– Coyote, tu plaisantes ! se récria Mariette. Céline et moi vous avons déjà préparé la chambre d'amis avec le grand lit. Ce n'est pas luxueux, mais c'est plus confortable que la grange.

– Quant à la nourriture…

– Tu veux me fâcher, mon garçon ? intervint Robert.

Coyote n'insista pas.

– En revanche, M. Lenemeur, je vous dois un cheval. Vous m'en aviez prêté un à mon départ, il y a huit ans. J'ai dû m'en séparer. Je n'ai pas d'argent pour vous dédommager. Le poney qui m'a porté jusqu'ici n'est pas à moi, il appartient à ma tribu. Si vous le voulez bien, j'aimerais travailler pour vous rembourser.

– Écoute, garçon… commença le fermier, embarrassé.

– C'est vous qui voulez me fâcher, M. Lenemeur ? Je vous dois tant ! Je ne vous demande pas la charité !

– C'est d'accord, fit Robert en tendant la main. Reste ici et travaille pour moi aussi longtemps qu'il te plaira !

Coyote serra la main du fermier, le visage éclairé par un franc sourire.

Après le repas, Céline s'éclipsa. Elle n'avait pas eu le temps de nettoyer l'écurie avant le dîner. Armée d'une fourche et d'un seau, elle entra dans l'édifice en bois. Elle devrait se hâter avant que la nuit soit complète. Il faisait déjà bien sombre. Elle entendait les juments renâcler et gratter le sol. Après avoir nourri les bêtes, elle commençait à rassembler la paille souillée quand une poigne ferme attrapa le manche de sa fourche. Elle poussa une exclamation de surprise :

– Coyote ? Tu m'as fait peur ! Je ne t'ai pas entendu entrer.

– Laisse-moi faire, dit-il. Ce n'est pas un travail pour toi.

– Pourquoi ? Parce que je suis une fille ? répliqua-t-elle, vexée.

Il sourit.

– Il y a des choses que je ne peux pas faire, ou que tu fais mieux que moi. Mais pour ce qui est de charrier le fumier, là, c'est sûr que je te bats. On parie ?

Elle se mit à rire.

– D'accord, tu as raison, ça ne me plaît pas spécialement. Mais je ne peux pas tout laisser faire à papa. Il travaille déjà tellement...

– Le mari que tu choisiras aura de la chance d'avoir une épouse aussi courageuse et travailleuse que toi.

Céline rougit mais, dans l'ombre, Coyote ne le vit pas. C'est cette même ombre qui donna au garçon le courage de continuer:

–Céline, je voulais te dire… si je suis revenu… c'est à cause d'une chose que tu m'as dite avant mon départ. Je ne sais pas si tu t'en souviens. Tu étais encore une petite fille et il se peut que tu l'aies oublié. Ou que ça ait perdu son importance pour toi. Mais mon cœur a gardé cette parole durant toutes ces années.

Celui de Céline se mit à battre à tout rompre.

–Et que t'avais-je dit avant ton départ? demanda-t-elle.

–Que tu m'attendrais…

Embarrassés, ils gardèrent un moment le silence.

–Je suis parti longtemps, soupira Coyote. Tu avais des raisons de penser que je t'avais oubliée. Peut-être t'es-tu engagée auprès d'un autre…

Il reprit encore, avec effort:

–Nous… nous avons pas mal changé au cours de ces années. Peut-être que l'am… l'amitié qui nous unissait à l'époque… n'est plus que… n'est que cela, une simple amitié.

Céline attendait qu'il parle, qu'il continue.

– Je voulais juste savoir si j'avais une chance… Peut-être que c'est un peu prématuré pour en parler. Je… je ne suis pas riche. Il faudrait que… qu'on réapprenne à se connaître… que je gagne ma vie…

Il guettait désespérément un encouragement. Il ne voyait plus le visage de la jeune fille. Il prit son silence pour de la réprobation. Il allait tourner les talons, infiniment triste, quand il sentit la main de Céline se poser sur la sienne.

– Continue, murmura-t-elle, émue. C'est très beau, ce que tu dis, et… je t'ai attendu.

Dans l'ombre, leurs mains et leurs lèvres se joignirent.

•

– Père, le coyote est revenu !

– Quoi ? tonna le patriarche en se levant d'un bond.

Amos, haletant, rapporta la conversation qu'il avait eue avec le métis.

– Il m'a demandé de te dire qu'il n'avait pas tué son père, qu'il n'avait aucune intention de le faire. Il est passé du côté des Indiens ! Si tu voyais sa mise !… Mais il y a pire !

Amos s'interrompit pour ménager son effet.

–Il n'est pas seul, Père. Il est avec un Peau-Rouge. Et il prétend que cet Indien est son frère, un autre fils de Jézabel !

–Petit-Cheval ! murmura le vieillard entre ses dents.

–Tu le connais ? s'étonna le garçon.

Il lui sembla que les épaules de son grand-père s'étaient brusquement voûtées. Pour la première fois, le patriarche lui parut vieux et fragile.

–Jézabel n'arrêtait pas de prononcer son nom dans son délire ! dit Algernon. Pourquoi les choses ne sont-elles jamais telles qu'on voudrait qu'elles soient ?

Le patriarche se ressaisit.

–Que veut le coyote ? Qu'est-ce qu'ils veulent, tous les deux ? Pourquoi est-ce qu'ils sont là ? Ils veulent me faire chanter ? Tirer vengeance ?

–Le coyote prétend que non. Cheval-Sauvage veut, paraît-il, faire la connaissance de sa famille blanche. Quant au coyote, il refuse de dire pourquoi il est revenu, mais jure que ça n'a rien à voir avec nous.

–Je ne veux pas les voir. Ni l'un ni l'autre. Fais-le leur savoir !

•

Après le repas, Cheval-Sauvage avait sauté sur le dos de son poney et était parti au petit trot. Dès qu'il fut hors de portée des regards, il obliqua vers Lost Eden. Il n'avait pas dévoilé ses intentions à son frère. Ce n'était pas l'affaire de Coyote, après tout. Quand il ne fut plus très éloigné de la ferme des Herzinger, il attacha sa monture derrière un fourré. Il attendit que l'obscurité fût complète pour ramper jusqu'aux bâtiments d'habitation. Tapi dans l'ombre, il vit s'affairer les hôtes du ranch et s'achever les dernières activités de la journée.

Il entendit soudain des éclats de voix en provenance de la seule pièce éclairée, sans doute la salle commune, avant de voir sortir une jeune fille, un grand seau à la main. Elle jeta des regards apeurés autour d'elle. Le puits était à l'autre bout de la cour. Elle descendit le seau puis le remonta à toute vitesse, sans cesser de tourner la tête de tous côtés, avec nervosité. Visiblement, l'obscurité lui faisait peur. Cheval-Sauvage éprouva d'avance des remords pour ce qu'il allait faire. S'approchant à pas de loup derrière sa victime, il lui plaqua les épaules contre sa poitrine et, une main sur sa bouche pour l'empêcher de crier, emporta sa prisonnière vers la grange la plus éloignée.

–Je suis un sauvage guerrier peau-rouge, murmura-t-il, féroce, à son oreille. Si tu cries, je t'égorge. Tu jures de garder le silence ?

La fille fit oui de la tête.

–Je te lâche. Gare à toi si tu cries !

La fille fit signe qu'elle avait compris. Il la jeta sur le foin et alluma une lampe à pétrole. Elle le dévisagea en tremblant, prête à pleurer. Bien que de teint un peu pâle au goût du Comanche, elle était plutôt mignonne.

–Ne me faites pas de mal ! gémit-elle.

–Je n'en ai pas l'intention ! Écoute-moi bien. En dépit des apparences, nous sommes cousins, toi et moi. Je suis un Herzinger. Ma mère s'appelait Jézabel et était fille d'Algernon.

–Oh ! Vous… vous êtes le coyote ?

–Non, je suis son grand frère. Je ne suis jamais venu dans cette maison. J'ai le désir de vous connaître, de faire la connaissance de toute ma famille blanche, mais je ne suis pas sûr d'être le bienvenu.

–Vous êtes Petit-Cheval, alors ? J'ai entendu Grand-Père en parler avec Amos, tout à l'heure.

L'Indien sourit.

–Oui, c'est ça, Petit-Cheval. Maintenant que je suis grand, je suis Grand-Cheval-Sauvage, mais tu peux m'appeler Cheval-Sauvage tout court. Et toi, tu t'appelles comment ?

La fille reprenait confiance.

– Lia. Je suis la sœur d'Amos.

Le jeune homme hocha la tête. Elle ne lui trouvait plus l'air aussi sauvage. C'est vrai qu'il ressemblait un peu au coyote, autant que Lia s'en souvenait. Elle n'avait que sept ans quand elle avait vu son cousin pour la dernière fois. Elle avait regretté son départ : depuis qu'il n'était plus là, Algernon et ses fils avaient dû reporter leur hargne et leur brutalité sur les autres membres de la famille, les filles en particulier. Sa mère ne pouvait plus imputer les bêtises de ses enfants au petit bâtard. Qu'est-ce qu'ils en avaient bavé ! Et tout particulièrement elle, Lia, mince et fragile, maladive, vite épuisée.

– Pourquoi êtes-vous venu ? demanda-t-elle, de nouveau inquiète. Vous voulez vous venger ?

– Me venger ? s'étonna-t-il. Mais de quoi ? Vous ne m'avez rien fait !

– Les miens n'ont pas toujours très bien traité votre frère…

– C'est son affaire. Pour ma part, je n'ai que de bonnes intentions et de la curiosité. Ma mère était de votre tribu. Je veux voir l'endroit où elle a grandi, où elle est morte, je veux parler à mon aïeul. C'est tout.

Il ajouta après un court silence :

– Un homme, c'est comme un arbre : ça a besoin de racines. De toutes ses racines. Je ne veux rien d'autre. Après, je m'en irai.

Lia semblait complètement rassurée, à présent. Elle le regarda même d'un air un peu apitoyé.

– Je ne suis pas sûre que ce soit une bonne idée, de vouloir connaître Grand-Père. Il n'aime pas beaucoup les Indiens, et, excusez-moi de vous le dire, mais vous ressemblez drôlement à un Indien, vous savez ! Il risque de se mettre en colère.

Cheval-Sauvage sourit.

– Oui, c'est ce que j'ai cru comprendre. On verra bien. S'il se fâche, c'est tant pis pour lui. On n'a pourtant jamais assez d'amis. Peux-tu m'aider ?

– À quoi faire ? s'effara-t-elle.

– Je voudrais rencontrer Algernon seul à seul. Tu pourrais me montrer la fenêtre de sa chambre… et, si c'est à l'étage, me procurer une échelle ?

•

Algernon venait de se coucher. Le sommeil le fuyait. Il essaya de lire la Bible, mais les mots cent fois ressassés dansaient tout seuls devant ses yeux. Il était fatigué. Il sentait qu'il perdait le contrôle des siens et de son existence. Ce n'était plus la famille soumise à ses désirs, respectueuse, reconnaissante, qu'il avait menée du désert à la Terre Promise. Non. Tels de modernes Hébreux se rebellant contre Moïse, ils manquaient de plus en plus souvent et ouvertement à leurs devoirs, le traitaient dans son dos de vieux radoteur et se moquaient de ses commandements. Ses fils eux-mêmes discutaient ses ordres. Ses filles et ses brus prenaient plaisir à le faire enrager. Quant à ses petits-enfants, c'étaient des impies et des têtes de mules. Même ce grand flandrin d'Amos, son préféré. Pourtant, il nourrissait de grands espoirs pour Amos. Ses fils étaient des imbéciles, mais le jeune Amos avait du caractère et du jugement. Algernon en ferait bien son héritier spirituel, le nouveau chef de leur communauté…

Il ne restait plus grand monde à Lost Eden : Sarah Gauncett était morte trois ans auparavant. Ruth, la femme de Joachim, cette femme impie et sans vergogne, s'était enfuie en emmenant ses trois plus jeunes enfants, laissant son aîné, Roboam, déjà presque un homme, et son mari effondré et sans réaction. Joseph, le fils cadet du patriarche, avait suivi en ville une créature qui faisait profession de son corps dans les saloons ! Noémie, la boutiquière, ne mettait presque plus jamais les pieds au ranch, et ses enfants, Timothée et Micaja, encore moins. Qui restait-il ? Job l'éternel, bien sûr, Joachim et Roboam, Joshua le fidèle et sa femme Abigaïl, une rouée, une hypocrite, leurs deux enfants Amos et Lia. Et puis Naama, dont le mari, cet imbécile, s'était sauvé – preuve qu'il n'était pas si bête –, sa fille Noa, et ses fils Siméon et Aaron. Mais les petits-enfants échappaient au patriarche, ne respectaient plus les commandements de Dieu. Et voilà qu'Amos à son tour, son cher Amos, parlait d'aller s'installer en ville ! En ville ! À Babylone, à Sodome et Gomorrhe ! Lieu de débauche et de perdition ! Lui vivant, Algernon ne laisserait pas faire une chose pareille, une semblable abomination ! La place d'Amos était ici, au ranch, à ses côtés !

Le vieillard soupira, referma la Bible qui ne lui était, ce soir, d'aucun réconfort, et souffla sa chandelle. La fenêtre était ouverte sur la nuit tiède. Un très léger souffle de vent agitait le rideau. Ce fut soudain comme une apparition : une grande ombre se dessina dans l'encadrement de la fenêtre, se coula silencieusement dans la pièce et se dressa à son chevet. De saisissement, Algernon fut incapable de crier. N'était-ce pas l'Ange de la Mort qui se tenait sans bruit à ses côtés ?

– Qui... qui es-tu ? articula enfin le vieil homme.

– Un fils de Jézabel, son fils aîné, souffla l'apparition. Cheval-Sauvage, Grand-Père. Ton petit-fils indien. Ne crie pas, je ne te veux aucun mal, je voulais juste faire ta connaissance.

Algernon fit signe à son spectre d'allumer la chandelle, puis il examina son petit-fils de la tête aux pieds. Un Indien ! C'était vraiment un Indien ! Une vieille colère monta en lui. Il revit – il s'en souviendrait jusqu'à sa mort ! – le jour maudit où les guerriers rouges avaient mis la contrée à feu et à sang. Algernon avait eu le temps de bien les voir tandis qu'ils égorgeaient son épouse Rebecca et incendiaient sa ferme, ces impies, ces assassins ! Quand les survivants dispersés s'étaient retrouvés, gémissants, devant les cendres, la petite Jézabel manquait à l'appel. On n'avait retrouvé qu'une poupée et l'un de ses souliers. Elle avait été enlevée par ces chiens ! La colère du vieillard monta en lui en vagues pourpres, submergeant son cœur de haine. Il gronda :

–Monstre, tu n'es qu'un monstre, soyez maudits, toi et les tiens!

Cheval-Sauvage pouvait lire dans le fond de son âme, il lisait les images qui défilaient dans le cœur du vieil homme, il lisait la souffrance dans sa fureur.

–Je ne suis pas responsable, Grand-Père, ni mon père Quatre-Doigts, ni aucun des miens. Ma tribu était loin quand ce malheur est arrivé. Nous ne connaissons pas ceux qui ont commis ces crimes. Veux-tu que je te dise ce que les hommes blancs ont fait aux miens? Non, c'est inutile. Laissons les morts pleurer les morts et les vivants se réconcilier avec les vivants. Mon père n'a pas enlevé ta fille, il ne l'a pas forcée, elle l'a suivi de son plein gré. Je te le jure, vieil homme, sur tout ce que j'ai de plus cher et de plus sacré, c'est comme ça que ça s'est passé.

Algernon se sentit remué par ces paroles d'apaisement. La voix du garçon était calme et posée, douce et persuasive… La voix du diable! Dans un sursaut de volonté, le patriarche se redressa sur son lit et brandit un doigt menaçant en direction du jeune homme.

–*Vade retro, Satanas*, retourne d'où tu viens! tonna-t-il. Je te maudis!

Loin de l'effrayer ou de le fâcher, ces paroles eurent le don de mettre en joie Cheval-Sauvage. Il éclata de rire.

– Pour qui te prends-tu, vieux fou ? Généralement, l'âge rend les hommes sages, mais il y a moins de cervelle sous tes cheveux blancs que dans le crâne minuscule d'un oiseau ! Si tu ne veux pas de moi, je pars, mais c'est dommage. L'aile noire de la mort est au-dessus de toi. Son souffle te touche déjà. Tu as peu de jours à vivre et tu les gâches en une vaine colère et d'inutiles ressentiments. Tant pis pour toi !

Attirés par les cris et les malédictions, Joshua et Joachim firent irruption dans la chambre de l'aïeul. Ils n'eurent que le temps de voir une ombre filer par la fenêtre. Le temps qu'ils se précipitent, l'ombre avait bondi au sol et était déjà loin.

– Lâchez le chien ! hurla Algernon. Tirez sur ce démon !

Dans l'escalier, Lia tenta de s'interposer.

– C'est notre cousin Cheval-Sauvage ! Ne lui faites pas de mal, je vous en supplie ! Il n'avait pas de mauvaises intentions. Il venait juste proposer la paix à Grand-Père…

–De quoi tu te mêles, toi ! hurla son père en la giflant. Retourne dans ta chambre !

Lia s'aplatit contre le mur en gémissant.

La maisonnée était complètement réveillée, à présent. Telle une fourmilière piétinée, les Herzinger s'agitaient en tous sens. Mais les recherches furent vaines : l'Indien était introuvable.

Un peu plus tard, Cheval-Sauvage se glissa dans le lit qu'il partageait avec son frère.

–D'où viens-tu ? demanda Coyote, intrigué.

–*Rendu une petite visite à Grand-Père !* murmura le frère aîné en comanche.

–Tu plaisantes ! Il t'a vu ?

–*Nous nous sommes même parlé.*

–Non ? Et alors ?

–*Alors, il est encore plus bête que tu me l'as décrit ! Je n'ai prononcé que de bonnes paroles. Il m'a chassé comme un putois ! Tant pis pour lui ! Mais il y a pire*, reprit-il avec sérieux. *Il va mourir. Je l'ai vu.*

Coyote ne s'étonna pas : il avait l'habitude des visions de son frère, et celles-ci mentaient rarement.

–*C'est normal, c'est un vieil homme*, continua-t-il en comanche.

*–Ce n'est pas une mort paisible qui l'attend.*

*–Un accident? Un meurtre?*

*–Je ne sais pas. Un grand malheur. Nous devrions partir, frère. Le nuage est si noir au-dessus de cette maison que je crains qu'il ne nous touche.*

Coyote haussa les épaules.

*–La mort d'Algernon ne m'importe guère. Pars si tu veux. J'ai mes raisons de rester.*

Cheval-Sauvage pouffa:

*–Elles s'appellent Céline, tes raisons!*

*–Ça se voit tant que ça?* fit Coyote, dépité.

*–On ne voit que ça! Il n'y a que les parents de la jeune fille pour ne se douter de rien! Mais ne te fâche pas, elle est jolie et très gentille, cette petite Blanche. Et dure au travail, aussi. Elle fera une bonne épouse pour toi.*

–On n'en est pas encore là! grommela Coyote en se tournant vers le mur. Sur ce, bonne nuit, si tu veux bien!

# 4

La vie avait beaucoup changé à la ferme depuis la venue des deux hommes. Habiles et dynamiques, ils abattaient un travail considérable ! Il semblait à Céline qu'elle n'avait presque plus rien à faire ! Et Robert n'avait qu'à se louer de leurs services.

L'attitude de Cheval-Sauvage surtout était étonnante. D'abord, dès le lendemain de son arrivée, il se mit à comprendre l'anglais et à le parler couramment, marque de la confiance qu'il accordait enfin à ses hôtes blancs. Flegmatique, décontracté, nonchalant, ne respectant aucun horaire, ne supportant aucune contrainte, il accomplissait à son rythme sa part de l'ouvrage, et son travail était bien fait. Il n'avait pas son pareil pour s'occuper des bêtes, les soigner, les apaiser. Au grand étonnement de Robert, il leur parlait comme à des êtres doués de raison, et on eût vraiment dit qu'elles l'écoutaient et obéissaient au son de sa voix !

Au cours des ans, la ferme avait subi des dégradations que Lenemeur n'avait pas toujours pu réparer, faute de temps, de main-d'œuvre et d'argent. Ingénieux, astucieux, les deux frères remontaient, replâtraient, réajustaient les tuiles envolées, les murs écroulés, les tuyaux fissurés, les pièces de sellerie déchirées, les planches déclouées, et improvisaient avec trois fois rien.

La présence de Coyote revêtait une importance plus grande encore aux yeux de Céline. Les jeunes gens tâchèrent tout d'abord de dissimuler leur amour, mais c'était impossible. Au bout de quelques jours, Coyote, plein d'appréhension, demanda officiellement aux parents Lenemeur la permission de faire sa cour à leur fille. Mariette ne fut pas surprise : fine mouche, elle avait vite deviné les sentiments qui les unissaient. Robert hésita seulement pour la forme : il aimait et appréciait le jeune métis et ne songea nullement à contrarier l'idylle des deux jeunes gens.

Chaque soir, donc, après le dîner, Coyote fut autorisé à faire une promenade au bras de sa fiancée. Pendant ce temps, Cheval-Sauvage disparaissait. Enfourchant son poney, il partait en direction du village. Mais dès qu'il était hors de vue, par un vaste détour, il gagnait Lost Eden. Il n'en revenait que tard dans la nuit.

Devant les absences répétées de son frère, Coyote tenta de percer son secret :

– *Où disparais-tu, la nuit ?* demanda-t-il en comanche.

– *Je vais en ville*, jeta Cheval-Sauvage, laconique.

Coyote essaya de sourire.

– *Il n'y aurait pas une histoire de fille là-dessous ?*

Le jeune Comanche rit sans répondre. Cela ne fit que renforcer l'inquiétude de Coyote.

– *Méfie-toi, frère ! Tous les Blancs n'ont pas l'esprit aussi large que les Lenemeur ! Que tu fréquentes une vierge ou une femme mariée, j'ai peur que les habitants du village n'apprécient pas beaucoup de voir un coq indien se pavaner dans leur basse-cour !*

– *Mêle-toi de tes affaires !*

– *Comme tu voudras. Mais je t'aurai prévenu !*

•

Amos était resté caché une bonne partie de l'après-midi dans les fourrés qui bordent la route, tentant vainement d'apercevoir Céline. Sa décision était prise, il allait s'enfuir de chez lui, quitter sa famille en dépit de l'opposition du patriarche, gagner la ville et y trouver du travail. Son oncle Joseph pourrait sûrement l'aider. Il voulait demander à Céline si elle l'attendrait, si elle accepterait de correspondre avec lui, si, plus tard, elle le suivrait. Il avait bien l'intention de devenir quelqu'un de riche et de considéré, elle n'aurait plus besoin de travailler, elle serait une dame. Voilà ce qu'il avait à lui proposer. Il ne doutait pas que cela lui plairait.

Il nota avec déplaisir que les deux sang-mêlé se trouvaient toujours à la ferme où Robert semblait les avoir engagés. C'est son père Joshua qui serait mécontent, lui qui spéculait sur le manque de bras chez les Lenemeur pour espérer un jour, par rachat, mariage ou autrement, reprendre leurs terres et leurs troupeaux ! Bah ! ces types ne resteraient pas éternellement ; s'il le fallait, ses cousins et lui sauraient bien les convaincre de déguerpir…

L'activité de la ferme se ralentit, le soir s'installa. Amos savait que la jeune fille aimait faire un tour dehors après le repas, rendre une dernière visite aux bêtes, vérifier la fermeture des enclos. Son cœur battit plus fort quand il vit la mince silhouette sortir sur le perron, mais Amos nota aussitôt la présence à côté d'elle de son cousin haï. Les deux jeunes gens se prirent tendrement par le bras et s'avancèrent sur la route. Leur attitude était on ne peut plus claire ! Une jalousie féroce embrasa le cœur d'Amos. Maudit coyote ! Ainsi, cette sale race serait toujours sur le chemin des Herzinger, empoisonnant leur vie de génération en génération !

La main d'Amos se crispa sur une branche morte, noueuse et solide. Sans songer aux conséquences, n'écoutant que sa fureur, il attendit que les amoureux fussent à hauteur de sa cachette pour leur bondir dessus, bâton levé. Il allait donner une bonne correction à ce chien rouge pour lui apprendre à chasser sur son territoire !

Un craquement dans les fourrés alerta Coyote. Il se retourna d'un bloc, vit la silhouette menaçante et se jeta à terre avec Céline, parant le coup qui lui était destiné. La jeune fille cria. Coyote porta machinalement la main à sa ceinture, mais il n'avait pas d'arme. Amos, les traits déformés par la rage, relevait son gourdin. Cette fois, le métis était prêt. D'une poigne ferme, il arrêta net le bras qui tenait le bâton, désarma son cousin d'une torsion du poignet ; entraînés par leur élan, les deux hommes roulèrent sur le sol, souffles mêlés. Céline s'en fut en courant vers la maison chercher du secours.

Amos, plus grand et plus fort que Coyote, avait pris le dessus. À califourchon sur son adversaire, il lui bourrait le visage de coups de poing, l'assommant presque, faisant jaillir son sang. Une poigne vigoureuse l'agrippa soudain par les cheveux et le tira en arrière tandis que sur sa gorge se posait le tranchant d'un couteau.

– Si mon frère est mort, tu es mort ! gronda une voix âpre à son oreille.

Sans cesser de tenir Amos sous la menace de son arme, Cheval-Sauvage s'assura que Coyote vivait toujours. Rassuré, il reporta son attention sur le jeune Herzinger.

– Mon père est un grand guerrier, il a accroché de nombreux scalps à l'entrée de son tipi, homme blanc ! Je pourrais bien être tenté de prendre la relève avec ta chevelure avant d'ouvrir un sourire dans ta gorge, cafard puant !

Vert de peur, Amos contemplait d'un air halluciné la large lame d'acier que l'autre promenait lentement devant ses yeux. L'arrivée de Robert le rassura un peu.

–Rappelez votre chien ! glapit-il. S'il me tue, vous êtes tous bons pour la corde !

Mais Robert, armé de sa winchester, ne semblait pas non plus disposé à plaisanter.

–Amos, c'est la dernière fois qu'on te voit rôder dans les parages. La prochaine fois, je tire à vue ! De toute façon, dès demain matin, je porte plainte auprès du shérif pour coups et blessures contre la personne d'un de mes employés. Préviens le Vieux qu'il te trouve un bon avocat, mon garçon ! Cela fait des années que je rêve de vous coincer pour brutalité ! Disparais, maintenant ! La justice fera son office.

Amos décampa sans demander son reste.

Après s'être assuré une dernière fois que son frère allait bien – Céline contribuerait mieux que quiconque à le soigner –, Cheval-Sauvage, comme chaque soir, enfourcha sa monture et se dirigea ostensiblement vers la ville avant d'obliquer en direction de Lost Eden. Il avait longuement hésité : après ce qui venait de se passer, le ranch des Herzinger risquait d'être sur le pied de guerre ! Puis il se dit qu'Amos n'avait pas intérêt à se vanter de ses exploits. Il se hâta donc vers son rendez-vous habituel. À proximité du ranch, il redoubla de prudence, il détacha même de sa ceinture l'étui à couteau décoré de perles et de breloques qui tintinnabulait contre sa cuisse, et le glissa sous sa chemise par souci de discrétion. Mais rien ne semblait troubler la quiétude habituelle du lieu. Plus silencieux qu'une ombre, Cheval-Sauvage se coula dans la grange et attendit.

À l'heure habituelle, quand les lumières se furent éteintes dans le bâtiment, une petite ombre furtive se glissa par la porte principale et traversa la cour en toute hâte. Le vantail de la grange grinça sur ses gonds.

– Lia ! appela Cheval-Sauvage à voix basse.

Les deux jeunes gens se serrèrent les mains avec effusion puis s'assirent l'un en face de l'autre. Le Comanche avait posé son étui à couteau devant lui. Lia tendit la main.

– Je peux le voir de plus près ? demanda-t-elle timidement.

– Bien sûr ! répondit-il en lui tendant l'objet.

Elle admira la décoration de perles et de breloques d'argent cousues sur la peau de daim, elle-même découpée en longues franges souples.

– C'est magnifique !

–Mon épouse Rosée-du-Matin l'a brodé pour moi, sourit-il avec fierté.

–Ah? Tu es marié?

–Oui. Depuis le printemps. Et je serai bientôt père. C'est pour ça... oui, c'est pour ça que je suis venu. Je veux donner des racines à mon fils. Je veux lui donner une famille complète. Je veux tout savoir sur ma mère et sur sa tribu. Tu comprends?

Lia acquiesça. Elle saisissait mieux à présent pourquoi, soir après soir depuis bientôt deux semaines, le jeune métis l'interrogeait inlassablement sur son passé, sur les hôtes du ranch, sur l'enfance du coyote, sur ce qu'elle avait entendu dire à propos de Jézabel. Elle se sentit émue par cette requête, par cet étrange cousin qui tout à la fois l'intimidait et lui plaisait. Et comme chaque soir, scrupuleusement, accédant à sa demande, elle raconta...

En plein récit, l'Indien dressa l'oreille, tous ses sens en alerte. Il avait senti le danger.

–Lia, des gens approchent! Ils ont dû s'apercevoir de ton absence.

Ils bondirent jusqu'au vasistas qui donnait sur la cour. Des ombres menaçantes fouillaient les dépendances.

– Cheval-Sauvage, sauve-toi ! pressa Lia en soufflant la lampe à pétrole.

– Pourquoi ? s'étonna le jeune Comanche. Nous ne faisons rien de mal !

– Grand-Père et les autres... ils voient le mal partout ! S'ils nous trouvent ensemble, ils s'imagineront...

– Alors, pars avec moi ! Je ne supporte plus de te voir rester avec ces hommes brutaux et stupides !

– Non ! Toi, sauve-toi ! Si je te suis, ils t'accuseront de m'avoir enlevée et séduite, ils exigeront que tu sois pendu ! En revanche, s'ils me trouvent seule, que peuvent-ils me reprocher ? Une crise de somnambulisme ? Va-t'en, vite ! Ne t'en fais pas pour moi !

Cédant aux raisons de sa cousine, le jeune homme se faufila par une mince ouverture qui donnait sur l'arrière et disparut dans la nuit.

Au même moment, les Herzinger avaient atteint la grange et ouvraient brusquement la porte.

– Elle est là ! cria une voix.

Tous convergèrent aussitôt vers la bâtisse, la lueur des lampes à pétrole troua la nuit. Une poigne brutale attrapa Lia par le bras. Celle-ci fit semblant d'émerger d'un profond sommeil.

–Quoi ? Où suis-je ? Qu'est-ce qu'il y a ? bégaya-t-elle, ahurie.

–Qu'est-ce que tu fiches ici ? demanda son père en la secouant violemment.

Elle regarda autour d'elle, feignant une stupéfaction sans bornes.

–Mais... je ne sais pas... Je me suis endormie dans ma chambre...

–Où est-il, dévergondée ? Où est l'homme avec lequel tu te vautrais ?

–Mais je ne suis avec personne ! balbutia-t-elle, prête à pleurer.

Les faits semblaient donner raison à la jeune fille : une fouille rapide à l'intérieur et autour de la grange n'avait pas permis de découvrir qui que ce soit.

–Ce n'est pas la première fois que je l'entends se lever, nota cette peste de Noa. Ça fait plus d'une semaine qu'elle disparaît ainsi de notre chambre toutes les nuits.

–Et c'est seulement maintenant que tu le dis ? la disputa sa mère Naama en lui assenant une gifle retentissante.

–Je ne comprends pas, fit Lia, l'air perdu.

–Peut-être bien qu'elle est somnambule, suggéra Abigaïl, sa mère.

–Ou possédée par le démon, ajouta perfidement Naama.

Le patriarche dévisageait Lia en silence. Son regard aigu semblait lire jusqu'au fond de son âme. Lia tint bon : elle savait qu'elle jouait sa vie et celle de Cheval-Sauvage.

–Je ne comprends pas, répéta-t-elle en soutenant sans faiblesse le regard d'aigle de l'aïeul.

–Fouillez partout, prononça Algernon d'une voix forte. Fouillez le foin.

Jeunes et vieux s'affairèrent.

–Ah ça, par exemple ! s'exclama soudain Siméon, fils de Naama et frère de Noa. Qu'est-ce que c'est que ça ?

Lia pensa manquer d'air en découvrant ce que brandissait triomphalement son cousin : le bel étui à couteau brodé de perles et de breloques ! Algernon l'arracha à Siméon et le mit sous le nez de sa petite-fille.

–Peux-tu m'expliquer ce que cela signifie ? gronda-t-il, vert de rage.

Lia secoua la tête. Il la gifla. Elle n'avait jamais vu le patriarche dans cet état : la colère boursouflait les veines de ses tempes et injectait ses yeux de sang. Elle prit peur. Il dégaina le couteau et le brandit au-dessus de sa tête afin que tous le voient.

–*Ô cieux, prêtez l'oreille et je parlerai !* tonna-t-il d'un ton prophétique.

Tous firent silence sous l'orage qui grondait.

*« Race fausse et perverse ! Ce sont des enfants infidèles ! Le feu de ma colère s'est allumé, et il brûlera jusqu'au fond du séjour des morts ! Il dévorera la terre et ses produits, il embrasera le fondement des montagnes, j'accumulerai sur eux les maux, j'épuiserai mes traits contre eux. Ils seront desséchés par la faim, consumés par la fièvre et par des maladies violentes ; j'enverrai parmi eux la dent des bêtes féroces et le venin des serpents. Au dehors, on périra par l'épée, et au dedans, par d'effrayantes calamités. Il en sera du jeune homme comme de la jeune fille. Je les emporterai d'un souffle, je ferai disparaître leur mémoire d'entre les hommes** *! »*

Tous pliaient sous la tempête. Quelques-uns s'étaient mis à genoux, d'autres priaient à voix basse. Lia tremblait de tous ses membres. Quand le vieillard posa de nouveau les yeux sur elle, elle fut incapable de soutenir son regard.

* Algernon cite la Bible : Deutéronome, Cantique de Moïse, 32.

–Pécheresse ! Fille perdue ! Dévergondée ! cria-t-il en dirigeant sur elle un doigt accusateur. Abominable est ton forfait ! À genoux, bête immonde, à genoux pour la confession de ton péché !

D'une bourrade, il la força à s'agenouiller.

–Pitié, Père ! gémit Lia. Je vous jure que nous n'avons rien fait de mal !

–Impie, menteuse et blasphématrice ! Demande pardon à Dieu, car tu vas mourir !

Avec un cri de bête blessée, Abigaïl s'interposa entre l'aïeul et Lia.

–Vous êtes fou, Algernon ! Ce n'est pas un tel crime ! Laissez ma fille tranquille ou je vais trouver le shérif !

Il la repoussa sans douceur.

–Joshua ! gronda-t-il. Occupe-toi de ta femme, toi qui t'es si mal occupé de ta fille !

Joshua prit son épouse par le bras et courut l'enfermer dans le cellier. Aucun des autres membres de la famille n'avait osé broncher. Le terrible vieillard mesura du regard la docilité de ses troupes. Dans son esprit se mêlaient passé et présent, Bible et histoire, souvenirs et imagination.

–Ô Dieu ! inspire-moi un juste châtiment pour l'impie ! Allons-nous l'égorger ? La lapider ? L'écorcher vive à coups de fouet ? La noyer ? La brûler ? La jeter dans le désert ? Non. La mort serait un sort trop doux. Et le Seigneur, dans sa mansuétude, répugne à me laisser répandre notre sang. Pourtant, il faut pour cette enfant un châtiment exemplaire, qui l'empêche à tout jamais de recommencer. Mes frères, mes fils, mes sœurs, mes filles, voilà ce que me dicte l'Éternel : nous allons l'ensevelir, nous allons l'emmurer vive, pour qu'elle ait le temps de méditer sur son péché.

Un silence consterné accueillit sa sentence. Mais nul ne se sentit le courage de contester la décision de l'illuminé.

À bonne distance du ranch s'élevait une vieille tour de guet en pierres sèches. Elle datait des premiers colons. Elle était en partie ruinée, mais la base était encore solide. Malgré ses cris, ses supplications, ses protestations d'innocence, Lia y fut traînée. Ses oncles la jetèrent dans ce réduit obscur et, sous la surveillance de l'aïeul, on commença à murer l'entrée avec des pierres et du ciment. Il ne passait jamais personne dans ce coin. La prisonnière aurait beau crier… À la demande du Vieux, on laissa juste un étroit espace pour faire passer à la recluse le pain et l'eau qui constitueraient désormais sa seule pitance. Elle vivrait là, dans la pénitence et la prière, le reste de sa misérable existence.

Abandonnée dans l'obscurité complète du réduit, Lia pensa devenir folle. Elle avait épuisé ses larmes et sa voix s'était enrouée à force de cris. Fou ! Le patriarche était tombé fou, elle était à la merci d'un dément ! Aucun des autres n'allait bouger le petit doigt pour lui venir en aide, pour alerter le village sur ce qui se tramait ici ! Chacun allait se terrer dans sa honte ! On ne s'occupait pas de ce qui se passait chez le voisin. Même si c'était la pire des abominations ! Elle pensa à Cheval-Sauvage. C'était son seul espoir. Il la chercherait, lui ! Et si ces dingues allaient lui tendre un piège ? Il fallait qu'elle le prévienne, qu'elle l'appelle au secours... Mais comment ?

– Lia ! Pssst ! Lia ?

– Aaron ! Mon cher petit cousin ! Aide-moi, je t'en supplie !

– Pourquoi ils sont méchants avec toi ?

Aaron avait onze ans. Dernier fils de Naama, héritier de la débilité paternelle, il avait le corps d'un adolescent de quinze ans mais l'esprit d'un enfant de trois.

– Aide-moi, répéta-t-elle. Aide-moi !

– Et je fais quoi ? demanda l'idiot d'une voix traînante.

– Cours chez les Lenemeur, demande Cheval-Sauvage, dis-lui qu'il m'est arrivé malheur et qu'il doit venir à mon secours. Dis-lui que je suis enfermée dans la tour.

– Je fais quoi ? geignit Aaron qui n'avait rien compris.

– La ferme des Lenemeur. Tu sais, les voisins. Les gens qui habitent à côté de chez nous. Va chercher du secours. Va, s'il te plaît ! Va !

Elle s'énervait. C'était un cauchemar ! Le seul de cette famille de fous qui fût disposé à l'aider était un débile mental qui ne comprenait rien ! Elle ne s'en sortirait jamais !

– Aaron, cours ! Va voir Céline. Céline ! Tu connais ?

– Oui, oui, belle !

– Oui, c'est ça, elle est belle. Va vite la chercher, dis-lui qu'elle vienne ici. Tu as compris ?

– Compris, oui, oui.

Mais il restait là. Lia l'entendit piétiner et marmonner autour de sa prison. Elle ne se fit plus aucune illusion. Il lui sembla que sa tête éclatait et elle perdit connaissance.

•

Quand Cheval-Sauvage regagna sa chambre, cette nuit-là, un peu plus tôt que de coutume, il semblait terriblement agité. Lui si flegmatique d'ordinaire se prit les pieds dans le tapis. Il jura à mi-voix, puis ne cessa de se tourner et de se retourner dans le lit commun. Coyote soupira : il aurait bien aimé oublier dans le sommeil les plaies et bosses qui le faisaient souffrir !

– Qu'est-ce qui t'arrive ? demanda-t-il.

Le Comanche répondit par un grognement mécontent et son cadet se garda d'insister.

•

Un peu avant l'aube, la famille Lenemeur fut tirée de son sommeil par des cris déchirants poussés devant la porte. C'était Aaron, secoué de tics, les mains agitées d'un tremblement désordonné.

– Lia ! Lia ! appelait-il.

– Allons bon, qu'est-ce qu'il lui prend ? grommela Robert, en chemise de nuit, penché à la fenêtre de sa chambre.

– Liiia ! Céliiine ! Liiia !

Le garçon se dandinait d'un pied sur l'autre, comme s'il tâchait d'exprimer quelque chose qui n'arrivait pas à sortir de son cerveau embrumé. Inquiète, Céline parut sur le pas de la porte. L'idiot faisait des efforts désespérés pour se faire comprendre mais plus il essayait, moins il y parvenait.

–Aaron, qu'est-ce qui se passe? le pressa Céline. C'est Lia? Elle ne va pas bien?

–Liiia! cria l'enfant avec reconnaissance. Oui, Lia! Viens!

Alerté par les cris, Cheval-Sauvage les avait rejoints. Il poussa Céline et agrippa Aaron par les épaules.

–Qu'est-ce qui est arrivé à Lia? gronda-t-il.

Effrayé, l'enfant se ferma. Comprenant qu'il n'avait pas la bonne attitude, l'Indien caressa la tête du gamin et se mit à lui parler d'une voix douce, comme il parlait aux poulains et aux agneaux. Aaron se débloqua instantanément.

–Père était très colère. Ils ont puni Lia très fort. Elle pleurait beaucoup. Elle m'a dit va voir Céline. Elle vient m'aider. Vite, vite! Lia est enfermée. J'ai peur elle va mourir.

Cheval-Sauvage ferma les yeux.

–C'est ma faute! murmura-t-il.

Avant que Céline, stupéfaite, ait pu lui demander quoi que ce soit, il avait déjà sauté sur son poney en prenant Aaron en croupe, et détalé au grand galop en direction de Lost Eden. Robert et Mariette rejoignirent leur fille sur le seuil, suivis par Coyote qui finissait de s'habiller.

–Qu'est-ce qui se passe ? demanda Robert.

–Je ne sais pas. Aaron vient de nous dire que Lia avait besoin de secours, et Cheval-Sauvage est parti comme un fou vers Lost Eden en prétendant que c'était sa faute. Je n'ai rien compris.

–Moi si, j'ai compris ! s'exclama Coyote en bouclant sa ceinture et en vérifiant rapidement l'état de son chargeur. Compris où il se rend chaque nuit, cet imbécile ! Compris qu'il va se faire massacrer !

–Sois prudent ! cria Lenemeur tandis que le jeune métis éperonnait son poney qu'il n'avait même pas pris la peine de seller.

–Céline, ordonna Mariette, saute à cheval et cours chercher le shérif ! Les garçons risquent d'avoir besoin d'un coup de main.

Coyote avait laissé son cheval à bonne distance de Lost Eden. L'émotion le submergea à la vue de la cour familière, des bâtiments austères qui avaient été le théâtre de ses souffrances. Toute sa jeunesse gâchée, cette haine d'un vieux rancunier qui refusait d'oublier, de pardonner, de comprendre… et qui allait s'en prendre à son frère, à présent ! Coyote ne le laisserait pas faire ! Il fallait qu'il ait enfin une explication franche, définitive, avec Algernon !

La ferme était silencieuse, tout dormait encore. Cela surprit un peu le jeune homme qui se souvenait des levers à l'aurore, des longues journées de travail rythmées par la course du soleil. Il traversa lentement la cour, prudent. Comment les autres allaient-ils réagir en le voyant ? Il passa à côté de la niche. Le vieux chien le reconnut, se leva en gémissant et lui lécha les mains. Coyote sourit : en voilà au moins un qui paraissait content de le revoir !

La porte d'entrée était fermée, comme de juste. Coyote avisa l'échelle dressée contre le mur, sous la fenêtre de l'aïeul. Que faisait-elle là ? Le cœur du garçon se serra : et si Cheval-Sauvage… ? Derrière la fenêtre entrouverte, un rideau oscillait au vent, vaguement menaçant. Après un dernier regard circulaire, Coyote gravit les degrés de l'échelle et enjamba le rebord de la fenêtre. Occultée par le rideau, la pièce était plongée dans l'obscurité. Coyote fut d'abord soulagé de ne pas y trouver son frère. Puis il distingua la silhouette allongée sur le lit. Apparemment, ses mauvaises actions n'empêchaient pas le patriarche de dormir ! Coyote frissonna, indécis. Qu'est-ce qu'il faisait ici ? Qu'allait-il dire à cet homme qu'il détestait, craignait et plaignait tout à la fois ? Longtemps, il avait rêvé de vengeance. Puis cette flamme avait baissé d'intensité, l'amour de sa nouvelle famille avait éteint la haine qu'il vouait à l'ancienne. Mais à présent, devant l'aïeul endormi, sans défense, à sa merci, il sentait la rancœur monter en lui, rouge et brûlante, plus vive que jamais.

Ce fut alors qu'il vit le couteau…

•

Aaron s'était révélé incapable de le guider jusqu'au bout. Cheval-Sauvage sauta de son poney et finit par repérer l'herbe piétinée par une troupe nombreuse, les tiges ligneuses couchées sous les pas. Il se rappela les parties de chasse où son père et les anciens l'entraînaient – ce que les Blancs nommaient braconnage – ou les vols de chevaux ou de bétail – plus souvent récupération de leurs biens dérobés par les fermiers. Les anciens lui avaient appris à reconnaître dans l'herbe la moindre empreinte laissée par le plus léger animal, et il excellait à cet exercice. Il suivit aisément la piste jusqu'à la tour, repéra le ciment frais, pesta d'avoir oublié son couteau et dut s'aider d'un vieux clou rouillé trouvé dans l'herbe pour dégager une ouverture suffisante à travers les pierres grossièrement accumulées. L'immobilité de Lia lui fit peur. Il constata avec soulagement qu'elle respirait toujours, lui frictionna les tempes avec des herbes, lui passa sous le nez une poignée de feuilles charnues grossièrement écrasées qui la firent éternuer. La jeune fille recouvra suffisamment de sens pour le suivre, suspendue à son bras, jusqu'à l'endroit où il avait laissé son cheval. La prenant en croupe, blottie contre sa poitrine, Cheval-Sauvage retournait lentement chez les Lenemeur, quand il entendit un martellement de sabots. Dissimulé à l'ombre d'un bosquet, il attendit que soient passés les cavaliers – le shérif et ses deux adjoints, sur le chemin qui menait à Lost Eden – avant de se remettre en route.

•

Ils étaient cinq dans la chambre où le soleil inondait à présent un bien triste spectacle : celui d'un vieil homme aux cheveux blancs, en chemise, allongé sur son lit, les yeux grand ouverts sur une immense terreur – un coutelas indien fiché en plein cœur.

Ils étaient là autour de lui, armés, menaçants, haineux: Joachim, Roboam, Joshua et Siméon, debout autour du maudit, du renégat, du bâtard d'Indien qui leur faisait face et qui leur tenait tête.

– Vous savez bien que je n'ai pas tué le Vieux. Vous le savez, n'est-ce pas? Alors, qui? Lequel d'entre vous? Pourquoi?

– Tu n'es plus des nôtres, grommela Joachim, tu ne l'as jamais vraiment été. Tu le haïssais. Il t'en a fait tellement baver. C'était normal que tu le tues un jour. Les juges comprendront.

– Vous êtes fous! s'écria Coyote. Je ne me laisserai pas faire! Je n'ai pas tué Grand-Père! Il faudra bien qu'éclate la vérité!

– Si ce n'est toi, prononça lentement Joshua, c'est donc ton frère. Ton frère indien. Le couteau… C'est à lui, n'est-ce pas?

Coyote fixa la poignée de l'arme et détourna les yeux, accablé. Il n'y avait aucun doute. Cheval-Sauvage paraissait si agité, cette nuit! Ô, mon Dieu! qu'avait-il fait?

– Où est Lia? demanda le jeune homme. Où est Cheval-Sauvage?

–Lia est là où elle doit être, intervint Roboam. Quant à ton bâtard de frère, nous ne l'avons pas vu. Et si Grand-Père l'a vu, il n'est plus là pour le dire. Aucun doute, c'est l'un de vous deux qui a fait le coup.

–Avec qui elle fricotait, ma fille? gronda Joshua en serrant les poings. Avec toi ou avec l'autre? Maudits sauvages! J'ai bien envie de vous saigner comme des porcs!

–Holà! gronda une voix dans l'escalier, personne ne saignera personne, ici! Que tout le monde jette son arme! Force doit rester à la loi.

Le shérif Edwards fit son apparition à la porte de la chambre, colt au poing, flanqué de ses deux adjoints, tandis que les femmes de la maison, effarées et curieuses, se pressaient derrière eux.

–Il est entré par la fenêtre! accusa Joshua en désignant le coyote. Il a tué le Père! On l'a pris sur le fait!

–C'est faux! cria le métis. Algernon était déjà mort quand je suis entré!

–C'est courant, dans la famille, d'entrer dans les chambres par les fenêtres? ironisa Edwards.

Il fit signe à un adjoint de passer des menottes aux poignets de Coyote pendant qu'il examinait le cadavre. Le jeune homme se rebiffa :

– Puisque je vous dis que ce n'est pas moi !

– Ils étaient deux, intervint Joshua. Y a un autre sauvage. C'est peut-être lui le coupable. Il aura réussi à filer pendant que son frère se faisait pincer.

– Le couteau, là, il est à qui ? demanda le shérif à Coyote.

Le garçon garda le silence, le cœur serré. Il était sûr que Cheval-Sauvage aurait agi de même à son égard.

– D'accord, soupira-t-il enfin en baissant la tête, il est à moi…

C'est alors que le vieux Job entra en trombe dans la chambre, hors d'haleine.

– Lia ! cria-t-il. Lia n'est plus dans la tour ! Lia a été enlevée !

# 5

Céline se morfondait dans la cour de la ferme en attendant le retour des cavaliers. Le shérif Edwards avait su la convaincre de rester avec ses parents : il craignait que la situation se soit envenimée à Lost Eden.

La jeune fille avait d'abord assisté à l'arrivée de Cheval-Sauvage portant en croupe Lia évanouie. Le Comanche avait juste pris le temps d'expliquer qu'il avait trouvé sa cousine emmurée vive dans une tour. On avait transporté la malade sur le lit de Céline. À présent, Mariette et Cheval-Sauvage s'efforçaient de lui faire reprendre ses esprits.

Sous la véranda, Robert réparait machinalement une pièce de sellerie.

–Papa ! Ils arrivent ! cria Céline en entendant le martellement des sabots.

Le père et la fille se précipitèrent sur le chemin de Lost Eden… pour découvrir, derrière la troupe des cavaliers, Coyote attaché au bout d'une longe !

–Mais enfin !… s'indigna Robert. Je crois que vous êtes en train de commettre une terrible erreur !

–Désolé, grommela le shérif. Ses oncles l'ont surpris près du cadavre d'Algernon et il vient d'avouer. Ce garçon est soupçonné du meurtre de son grand-père. Il a peut-être des circonstances atténuantes, mais au regard de la loi, c'est un assassin.

–Ce n'est pas vrai, n'est-ce pas ? s'exclama Céline, incrédule. Coyote, réponds-moi, ce n'est pas vrai ?

Le jeune métis détourna la tête.

–Ce n'est pas possible, affirma Robert. Je le connais comme mon fils ! Il est incapable d'avoir fait une chose pareille !

–C'est pourtant ce qu'il prétend lui-même… Du reste, il n'a peut-être pas agi seul. J'aimerais bien parler à son frère comanche. Il n'est pas là ?

–Non, répondit Lenemeur nerveusement, il n'est pas là.

– Les Herzinger accusent Cheval-Sauvage d'avoir enlevé Lia. Vaudrait mieux qu'il vienne s'expliquer dans mon bureau avant que les autres furieux le retrouvent ! J'aimerais bien connaître sa version des faits, moi !

Dès que le shérif et sa troupe eurent disparu, traînant Coyote enchaîné dans leur sillage, Céline se précipita dans sa chambre. Lia n'avait toujours pas repris conscience et Cheval-Sauvage était penché à son chevet.

– C'est affreux ! s'écria la jeune fille. Le shérif a arrêté Coyote ! Il prétend que ton frère a tué Algernon !

Cheval-Sauvage se leva d'un bond.

– C'est impossible ! Mon frère n'est pas un meurtrier !

– Edwards soutient... que Coyote a avoué le crime, émit Céline avec effort. Le shérif souhaiterait te voir, Cheval-Sauvage. D'après lui, tu pourrais savoir quelque chose sur cette affaire... Quelque chose qui pourrait innocenter Coyote ?

L'Indien ne répondit pas.

– Cheval-Sauvage, insista Céline, as-tu un moyen d'innocenter Coyote ?

– Tu crois que c'est moi le coupable. Tu espères que je suis coupable et que je vais me livrer au shérif pour innocenter mon frère, c'est ça, n'est-ce pas ?

Céline baissa la tête.

– Pardonne-moi, je ne sais plus où j'en suis...

Le jeune Comanche lui releva le menton et la fixa droit dans les yeux.

– Je n'ai pas tué le vieil homme. Je suis certain que mon frère non plus. Mais pour les Blancs, il faut un coupable. Deux métis, c'est l'idéal ! Coyote est tombé dans un piège. Si je vais chez le shérif, nous serons pendus tous les deux. Je ne pourrai aider Coyote qu'en restant libre. Je n'ai pas confiance en la justice des Blancs.

Il se tourna vers la jeune fille trop pâle allongée sur le lit.

– Il faut que je m'occupe d'elle aussi. Son âme flotte aux confins du territoire des ombres. L'esprit de Grand-Père tente de l'entraîner avec lui. Je dois l'en empêcher et demander au mort quel est celui qui a brisé le cercle sacré de la vie.

Céline le dévisagea d'un air incrédule et légèrement inquiet.

–Tu veux faire quoi? Faire parler un mort? C'est ridicule!

Cheval-Sauvage l'examina attentivement, semblant peser la confiance qu'il pouvait accorder à cette fille blanche.

–Je vais organiser une cérémonie de la Guérison, prononça-t-il enfin. À la manière comanche. Seul, puisque je suis seul, ici, de ma religion. J'aurais pourtant besoin de ton aide… et du silence de tes parents.

–C'est que… commença-t-elle, embarrassée.

Il ajouta aussitôt:

–Je ne vous demande pas d'aller contre vos convictions. Simplement de respecter ce qui va se passer et de ne pas me déranger pendant toute la durée de la cérémonie. Vous pouvez m'aider aussi en priant avec sincérité pour la guérison de Lia, la libération de mon frère et le salut de l'âme du vieil homme – à votre façon. D'accord?

Céline fut singulièrement bouleversée par ces paroles et le sérieux avec lequel elles avaient été prononcées. Elle n'avait jamais réalisé que les Indiens pussent avoir une religion. De vagues croyances, oui, idolâtres, superstitieuses, mais une religion, non!

– Dis-moi, Cheval-Sauvage, pour ton peuple, ne serais-tu pas… une sorte de prêtre ? Tu es un « homme-médecine », n'est-ce pas ?

– Oui, c'est ainsi que nous appellent les hommes blancs. Beaucoup de gens sont capables d'obtenir visions et guérison. Mais certains sont plus aptes que d'autres à conduire les cérémonies. J'ai eu la chance d'être initié à cela… Notre existence et nos pratiques sont interdites par vos lois… Tu m'aideras ?

•

Le soleil était au plus haut dans le ciel. Cheval-Sauvage marchait devant, portant dans ses bras Lia inanimée et grelottant de fièvre. Céline suivait, les bras chargés des objets nécessaires à la cérémonie. Le petit groupe gagna le sommet d'une colline aux pentes douces protégées par la forêt. Sur les indications de l'Indien, ils construisirent une hutte ronde à armature de saule, recouverte de branchages, sous laquelle fut couchée Lia. Devant l'entrée, Cheval-Sauvage alluma un feu et plaça un seau d'eau. Du sac qu'avait porté Céline, il sortit des branches de sauge, un tambourin et une longue pipe décorée de plumes multicolores qu'il déposa respectueusement sur une pierre du foyer.

– Tu dois partir, à présent, dit-il.

Il raccompagna Céline jusqu'à l'orée de la forêt et délimita un périmètre.

– Je demande que personne ne franchisse ce cercle jusqu'à demain matin, insista-t-il. Aide-moi de tes prières, s'il te plaît !

– Je ferai de mon mieux, répondit-elle avec gravité.

Resté seul avec Lia, Cheval-Sauvage ôta ses vêtements, s'accroupit à l'intérieur de la hutte et disposa les pierres brûlantes qu'il avait ôtées du foyer. Sur ces pierres, il répandit de l'eau qui dégagea une vapeur épaisse, puis il frappa sur le tambourin et entonna les chants sacrés.

•

Dans le même temps, le shérif était venu faire un tour à la ferme des Lenemeur. Il était seul.

– Je n'arrive pas à croire à la culpabilité de Coyote, commença-t-il. Il y a quelque chose de bizarre dans cette affaire. Ça sent le coup monté. La culpabilité du garçon semble trop évidente. J'ai enfermé Coyote sous bonne garde pour le mettre hors de portée de la vindicte des Herzinger. C'est son frère, c'est Cheval-Sauvage que je voudrais entendre, et aussi la jeune Lia, pour avoir leur version des faits. Vous ne savez toujours pas où je pourrais les trouver, ces deux-là ?

Les époux Lenemeur secouèrent négativement la tête.

– Quand doit-on enterrer Algernon ? s'enquit Mariette.

– Les Herzinger ont l'air pressés : la cérémonie religieuse est prévue pour demain matin neuf heures au temple du village. La veillée funèbre se tiendra cette nuit.

•

Céline attendit le départ d'Edwards avant de reparaître à la ferme. Son père l'accueillit fraîchement.

– Nous sommes complètement inconscients ! explosa-t-il après lui avoir rapporté les paroles du shérif. C'est un médecin, pas un sorcier peau-rouge, qu'il aurait fallu pour Lia ! Si elle meurt, nous sommes dans de beaux draps !

– Cheval-Sauvage sait ce qu'il fait, affirma Céline qui, au fond, n'en menait pas large.

– Moi aussi, j'ai confiance en lui, renchérit sa mère sans hésitation.

Céline remonta sur la colline après le repas du soir, juste avant la tombée de la nuit. Elle resta à bonne distance, comme elle l'avait promis. Elle aperçut Cheval-Sauvage assis en tailleur près du feu, fumant sa pipe. On aurait pu croire qu'il s'était endormi. Sans doute dérangé par l'intrusion de la jeune femme, un grand faucon s'envola entre les branches de saule et monta en flèche vers les cieux. Céline le suivit un long moment des yeux. Après avoir décrit de vastes cercles, le rapace fila en direction de Lost Eden. Céline comprit alors ce qu'elle avait à faire…

Dans la cour du ranch stationnaient de nombreux attelages et une foule compacte de chevaux. Les villageois étaient venus en masse rendre un dernier hommage à l'un de leurs concitoyens parmi les plus anciens et les plus considérés.

À quelques exceptions près, les Herzinger étaient là au grand complet : les filles Naama et Noémie la mercière, ainsi que la bru Abigaïl, menaient le deuil avec les femmes du village. Les petites-filles Noa et Micaja assuraient le service et passaient les plateaux de rafraîchissements avec des mines de circonstance. Les hommes vêtus de leur costume noir du dimanche, chemises empesées, cols durs et chapeau melon, entouraient les fils du mort, Joshua, Joachim flanqué de Roboam et Joseph qui avait fait le voyage depuis la ville. Aaron traînait en bavant parmi les groupes. Siméon, fils de Naama, discutait dans un coin avec son cousin Timothée, fils de Noémie. Un brouhaha confus montait de cette foule grave et compassée. Entre les dernières nouvelles du pays, le cours du maïs ou de la viande, les considérations sur le temps qu'il fait et sur celui qui passe, on se sentait tenu de faire l'éloge du mort, on arrivait même à lui trouver des qualités.

L'arrivée de Céline suscita un lourd silence chargé d'orage. Nul n'ignorait que les Lenemeur avaient hébergé les meurtriers présumés. Joshua, qui tenait le nouveau rôle de maître de maison, s'avança vers elle, visage fermé.

– Je suis venue prier pour le salut de l'âme de votre père, prononça-t-elle. Je suis désolée de ce qui est arrivé.

Joshua esquissa un sourire.

– Je te remercie d'être venue. C'est un grand réconfort pour nous de voir combien mon père était aimé.

S'il y avait de l'ironie dans ses paroles, elle ne se manifesta que par l'éclat sardonique de son regard.

D’un geste, il invita Céline à entrer dans la chambre du mort.

Algernon reposait sur son lit, aussi raide et compassé que de son vivant. Des cierges étaient allumés et des chaises installées tout autour de la chambre, occupées par des femmes qui se relayaient pour prier. Cette cérémonie revêtait aux yeux de Céline une importance et une signification particulières depuis les paroles prononcées par Cheval-Sauvage. Noa vint la rejoindre et s’assit à son côté. Les jeunes filles étaient du même âge. Elles avaient sympathisé sur les bancs de l’école. Céline prit la main de sa compagne et se mit à prier. Au bout d’un moment, se penchant discrètement vers son amie, elle lui glissa à l’oreille :

– Désolée pour ton grand-père… mais ce n’est pas Coyote qui l’a tué, n’est-ce pas ?

Noa se mit à trembler de tous ses membres.

– Tu sais qui l’a tué ?

– Non !

Les assistantes tournèrent vers les jeunes filles des regards réprobateurs. Céline entraîna Noa hors de la chambre.

–Si tu sais quelque chose, insista Céline, c'est le moment de parler. Ils vont pendre un innocent et ton âme ira en enfer!

–Écoute, murmura Noa après hésitation, il s'est passé beaucoup de choses, cette nuit. D'abord, on a trouvé Lia dans la grange. Ça faisait plusieurs nuits qu'elle découchait. Et moi, je n'osais rien dire, mais je me doutais bien qu'il y avait une histoire de garçon là-dessous. Et dans le foin de la grange, on a retrouvé un couteau. Un coutelas indien. Celui qui a servi au crime. Grand-Père est devenu comme fou. Il hurlait! C'était affreux! Après, il a fait murer Lia dans une tour. Je n'y étais pas, il n'y avait que les hommes. Sauf Amos. Il était allé se coucher tôt, ce soir-là. Il n'a pas assisté à tout ça. C'est moi qui l'ai réveillé, pour lui raconter ce qui s'était passé. Ça l'a rendu furieux. Il n'aime pas qu'on s'en prenne à sa sœur! Il a dit qu'il allait s'expliquer avec Grand-Père une bonne fois. Quand les autres sont arrivés, j'ai entendu des éclats de voix. Je ne sais pas ce qui s'est passé ensuite, car on m'avait envoyée me coucher…

–Amos! s'exclama Céline qui s'étonnait à présent de ne pas s'être aperçue plus tôt de son absence. Où est-il donc?

–Je ne sais pas. Parti, je crois, souffla Noa en jetant des regards autour d'elle. Cette nuit-là même. Personne n'en parle, ici. On a peur de Joshua.

Justement, ce dernier, à l'autre bout de la pièce, appelait sa nièce qui s'empressa de le rejoindre, les yeux baissés.

Céline se dirigea vers Siméon – lui aussi était à peu près de son âge et ils avaient joué ensemble dans la cour de l'école.

–Dis donc, Siméon, lui demanda-t-elle d'un ton détaché après lui avoir présenté ses condoléances, tu n'aurais pas vu Amos, par hasard ?

Siméon à son tour eut l'air gêné.

–Non, non, il est parti… en ville.

–Ah ? Mais je croyais que le patriarche s'y opposait !

–Il ne peut plus s'opposer à grand-chose… Paix à son âme !

–Je veux dire… Amos était encore là, la nuit du drame ?

–Oui… non… enfin, il est parti la veille.

–La veille ? Ça m'étonnerait, parce que, la veille, vois-tu, il était chez nous à faire du scandale ! Dans l'état où il se trouvait, il est forcément repassé par Lost Eden… au moins pour se faire soigner !

Elle sentit peser sur elle le regard de Joshua, un regard plus perçant et plus sévère que celui d'un rapace. Céline avait compris. Elle ne pouvait rien prouver, certes, mais elle savait qui avait tué le grand-père, et Joshua savait qu'elle savait. Il était inutile et dangereux de s'attarder. Céline s'empressa de remonter à cheval. La nuit était complète, à présent, mais l'éclat de la lune la rendait assez claire pour qu'il fût possible de chevaucher sans lumière. Un cri rauque déchira le silence, suivi de coassements sauvages : le faucon venait de se faire attaquer par un corbeau dont il avait sans doute violé le territoire. L'heure à laquelle se produisait cet événement était plutôt inhabituelle. La jeune fille contempla un instant la bataille avant de s'éloigner.

À l'aube, tandis que ses parents se préparaient pour aller assister à la cérémonie funéraire, Céline gagna la colline. L'Indien, assis près du feu éteint, semblait ne pas avoir bougé depuis la veille. Les yeux clos, il paraissait dormir. Aussi fut-elle surprise qu'il s'aperçoive de sa présence au point de l'appeler :

– Céline, tu peux t'approcher, maintenant, c'est terminé.

Elle obéit. En chancelant, il se leva pour l'accueillir. Elle le trouva pâle, fatigué, les traits tirés, plus que ce qu'auraient dû produire une journée de jeûne et une nuit de veille. Mais il avait l'air parfaitement heureux.

–Lia est guérie, dit-il en montrant, sous la hutte, la jeune Herzinger qui dormait paisiblement. Et Wakan Tanka, le Grand Esprit, m'a accordé une vision ! Par une nuit de pleine lune, un faucon disputait un territoire de chasse à un corbeau…

–Ça alors, sursauta Céline, j'ai vu la même chose ! Sauf que, dans mon cas, ce n'était pas une vision !

Cheval-Sauvage sourit.

–Merci de t'être rendue hier au soir à Lost Eden. Ta présence m'a beaucoup aidé.

–Mais… comment le sais-tu ? s'écria Céline, sidérée.

–*J'étais* le faucon, dit-il.

–Arrête ! Tu ne peux pas te transformer en faucon, tout de même !

–Non. Mais mon esprit peut voler avec l'oiseau et voir par ses yeux. Tu comprends ?

–Pas très bien. Tu veux dire que le « fantôme » d'Algernon, c'était le corbeau ? Et que tu l'as tué ?

–On ne tue pas ce qui est déjà mort. J'ai fait la paix avec son esprit, je l'ai prié de retourner au pays par-delà le fleuve et de laisser les vivants en paix.

–C'est tout ? Le prier a suffi ?

–Toi, chrétienne, tu ne crois pas à la vertu des prières ?

–Eh bien, moi, en tout cas, je sais qui a tué l'ancêtre ! claironna Céline, agacée et déroutée par les mystères et l'ironie de son compagnon.

–Vraiment ? fit Cheval-Sauvage.

–Oui ! C'est Amos ! Noa m'a tout raconté. Il s'est disputé avec son grand-père, ça a dû mal tourner...

L'Indien secoua la tête.

–Non. Ce n'est pas un homme qui a tué Grand-Père, affirma-t-il avec assurance. Et ce n'est pas non plus mon couteau.

Mais Céline ne l'écoutait plus.

–Je ne crois pas aux esprits et aux fantômes, moi ! Je vais de ce pas au village rendre visite à Coyote et parler avec le shérif !

•

Un bruit de clés réveilla Coyote au petit jour : le shérif Edwards venait d'entrer dans le bureau attenant à sa cellule et secouait sans ménagement l'adjoint endormi les deux pieds sur la table.

–Va te reposer, Jack, fit Edwards. Je suis là et Louis ne devrait pas tarder à arriver.

L'adjoint ne se fit pas prier.

Le shérif avait apporté une cafetière. Il versa le café fumant dans deux tasses et en tendit une à Coyote à travers les barreaux. Le métis l'accepta avec reconnaissance. Edwards prit une chaise, l'installa devant la cellule et s'assit posément.

–Et maintenant, dit-il, si on parlait, tous les deux?

–Je vous ai tout dit hier.

–Mais oui! Tu es entré par la fenêtre, tu as trouvé le vieux qui dormait, tu as voulu lui faire payer ses mauvais traitements et ton enfance gâchée... Et si, à présent, tu me disais la vérité?

Le métis garda le silence.

–Je veux t'aider, insista le shérif. Je... j'ai quelques regrets de ne pas avoir fait davantage pour toi quand tu étais petit... Et même avant... Il y a des choses que j'aurais pu empêcher... Mais il s'agit de toi maintenant, de ta vie. Je te connais, mon gars, je te crois incapable de poignarder de sang-froid un homme endormi. Qui cherches-tu à protéger ? Ton frère ? C'est à lui qu'appartient le couteau, n'est-ce pas ?

Coyote baissa la tête sans répondre.

– Au mépris de ta vie, tu veux couvrir un meurtrier ? Tu as vraiment envie d'être pendu à la place d'un autre ?

Edwards remplit sa tasse.

– Tu en veux encore ?

Coyote secoua négativement la tête.

– Tu es idiot de te comporter comme ça ! C'est à se demander si la débilité, ce n'est pas héréditaire chez les Herzinger ! Parle-moi un peu de ce Cheval-Sauvage. Est-il ton véritable frère ou bien un frère de sang à la mode indienne ?

– C'est un Herzinger, dit enfin Coyote. Comme moi, fils de Jee-Zah… euh, de Jézabel, et de Quatre-Doigts. Cheval-Sauvage voulait connaître sa famille blanche.

– Il a parlé aux Herzinger ? Il a rencontré Algernon ?

– Oui… seul à seul, une nuit, il y a deux semaines de ça environ.

– Et ça s'est passé comment ? Cheval-Sauvage a demandé des comptes au patriarche ? Il voulait sa part d'héritage ? Il a menacé le vieux ?

– Non ! se récria Coyote. Ce n'est pas le genre de mon frère. Ce n'est pas non plus le genre des

Comanches. Ils sont très respectueux envers les vieillards et n'accordent pas de valeur à l'argent.

–Le fameux désintéressement des Indiens... ironisa Edwards. Il en est pourtant dont la cupidité vaut bien celle des Blancs!

–Mais pas Cheval-Sauvage, fit le jeune homme, la voix vibrante d'admiration. Il est d'une autre trempe! Votre argent ne l'intéresse pas.

–Peut-être pas l'argent, mais les femmes? Pourquoi a-t-il enlevé Lia? Comme monnaie d'échange? Comme «épouse»? Ou pour éviter qu'elle ne parle?

–Peut-être pour la soustraire à la brutalité des siens.

–Que voilà un gentil cousin! Sans contrepartie, évidemment!

–Lia est libre de choisir son destin.

–Ce n'est pas ce que pense la loi, mon gars. Lia a quinze ans, c'est une gamine. Même si elle est consentante, ton Cheval-Sauvage risque la corde. Tu le sais? Il le sait, lui?

Coyote replongea dans un silence consterné.

–Mais toi, Coyote, pourquoi es-tu revenu? Tu savais qu'Algernon t'accueillerait mal, que ton frère et toi n'auriez droit qu'à sa haine et à son mépris. Alors, pourquoi?

Le garçon ne dit rien.

– Est-ce aux Lenemeur que je dois le demander ?

– Laissez ces gens tranquilles ! réagit Coyote. Ils ne sont pour rien dans cette histoire ! Laissez-les en dehors de tout ça !

– Peut-être bien que tu es revenu… pour Céline ?

À la mine du garçon, Edwards comprit qu'il avait visé juste. Il insista :

– Tes sentiments sont partagés ? Ses parents sont d'accord ? Tu en as, de la chance, Céline est une fille bien. Et tu vas tout gâcher par ton obstination. Dommage !

– Laissez-moi, à la fin ! cria Coyote, exaspéré.

– Je vais te dire, moi, ce qui s'est passé, reprit Edwards. C'est ton frère, le coupable. La nuit du crime, il se rend dans la chambre de l'aïeul pour lui demander… je ne sais pas, moi… la main de Lia, tiens ! La conversation tourne mal, sous le coup de la colère, il poignarde Algernon et s'en va comme il était venu, par l'échelle. Tu passes après, pas de chance… Deuxième possibilité : vous êtes montés tous les deux dans la chambre du grand-père pour lui demander des comptes, ça s'est envenimé, le vieux vous a insultés, Cheval-Sauvage a perdu patience et sorti son couteau… Après tout, vous vous êtes rendus tous les deux, en secret et armés, chez les Herzinger, ce matin-là. C'était pour une visite de civilité ?

– Il y a une troisième possibilité, shérif : qu'un autre Herzinger ait tué Algernon, et que la tribu se soit entendue pour en attribuer la responsabilité à Coyote !

Edwards se tourna posément vers Céline qui venait d'entrer.

– C'est une idée séduisante, Miss, mais il faudrait l'étoffer. Qui, comment, pourquoi ?

Céline raconta tout ce qu'elle savait : la bagarre avec Amos, l'apparition d'Aaron au matin et les dernières révélations de Noa.

– Je crois que c'est Amos qui a tué son grand-père, à cause de ce que le vieux avait fait à Lia. Après quoi, il s'est enfui, et sa famille a mis le crime sur le dos de Coyote. Retrouvez Amos, je vous en prie, conclut-elle, faites-le parler !

– Facile à dire ! Où se trouve Amos, à présent ?

– Il rêvait d'aller vivre en ville. Saint-Louis est à quelques heures de train. C'est là que réside Joseph. Amos disait que son oncle l'aiderait… Joseph ! Mais, j'y pense, il assistait à la veillée mortuaire, cette nuit !

Comment a-t-il fait pour être là aussi vite ? Si c'est Amos qui l'a mis au courant, c'est donc que l'aïeul était déjà mort quand il a quitté Lost Eden. Joseph sait sûrement où se trouve et ce qu'a fait son neveu !

– D'accord, je vais l'interroger... commença le shérif, ébranlé par le récit et l'assurance de la jeune fille.

Au même moment, la porte du bureau fut poussée avec violence et Robert Lenemeur, hors d'haleine, se rua dans la pièce.

– Shérif ! Organisez la défense de la prison ! Les Herzinger sont en train de monter la population contre Coyote ! Ils arrivent ! Ils sont comme fous !

Il aperçut sa fille.

– Tu es là, toi ? dit-il en fronçant le sourcil. Vite, rejoins ta mère à la ferme !

– Pas sans lui ! s'écria Céline en désignant le prisonnier.

– Votre père a raison, Miss, renchérit Edwards. Vous ne nous serez d'aucune utilité, ici.

– Laissez Coyote partir aussi ! supplia-t-elle.

La rumeur de la foule parvenait déjà à leurs oreilles. Edwards ouvrit le râtelier aux fusils. Il lança une arme à Robert et en chargea une deuxième.

– Céline, va-t'en ! pressa Coyote. Je t'en prie, va-t'en tout de suite !

Elle n'eut pas le temps de lui obéir : la foule venait d'apparaître au bout de la rue, le clan Herzinger en tête. Les émeutiers se massèrent autour de la prison. Le shérif sortit, fusil armé.

– Dispersez-vous ! Rentrez chez vous ! Coyote Herzinger a droit à un procès équitable. C'est au juge de déterminer s'il est coupable ou non.

– Il n'y a pas de doute, cria Joshua, père d'Amos, qui semblait le plus excité. Il a avoué son crime. Il faut le pendre sur-le-champ ! Ça ne sert à rien d'attendre le juge ! On va s'en occuper !

– Mon devoir est de m'opposer à ce que vous fassiez justice vous-mêmes. De plus, en dépit des apparences, je ne crois pas que le garçon soit coupable.

– Pas coupable ! Mais nous l'avons pris sur le fait ! hurla Joachim. Il était encore penché sur le corps de sa victime ! Shérif, livrez-nous ce salaud !

– Oui ! gronda la foule. Livrez-le-nous ! Pas besoin de procès !

Le shérif pointa son fusil sur le premier rang qui recula.

– Fichez-moi le camp ou je tire dans le tas ! cria-t-il à son tour. Je suis le représentant de la loi, et je protégerai ce garçon jusqu'à ce qu'il comparaisse devant une cour de justice. À présent, partez, sinon…

– Sinon quoi ? le défia Joshua en se dressant, impavide, devant le canon de son arme. Vous oseriez tuer d'honnêtes citoyens pour épargner la vie d'un criminel ?

– Je vous en prie, Joshua, tenta encore de plaider Edwards. Je comprends votre douleur, mais mon devoir…

D'un geste brusque, Joshua arracha le fusil des mains d'Edwards et l'en frappa violemment à la tempe. À moitié assommé, le shérif s'écroula. Robert et Céline se barricadèrent aussitôt dans la prison.

– Le premier qui tente d'entrer, « honnête citoyen » ou pas, je l'abats ! prévint Robert à travers la porte.

Il fut hué, injurié, conspué. Céline s'empara des clefs de la cellule et libéra Coyote. Mais le shérif avait refermé le râtelier, les armes étaient inaccessibles. Impossible de forcer la sortie !

– Enfumons ces putois ! suggéra Roboam, fils de Joachim. Ils seront bien obligés de décamper !

Aussitôt, des gaillards montèrent sur le toit de la prison et jetèrent par le conduit de la cheminée des chiffons imbibés d'alcool et enflammés, tandis que d'autres projectiles étaient lancés par les fenêtres. Les assiégés tentèrent de les éteindre au fur et à mesure, mais ils furent vite dépassés. Le feu prit aux rideaux, aux meubles, au plancher, dégageant une fumée épaisse. Enfin, la porte s'ouvrit, Coyote et ses amis, à moitié suffoqués, apparurent sur le seuil. Lenemeur fut désarmé et Céline brutalement séparée du métis. On traîna le jeune homme jusqu'à l'arbre qui ombrageait la place. Une corde pendait déjà à la plus forte branche.

– Je suis innocent ! hurla Coyote. Soyez maudits !

Tel un coup de tonnerre, la détonation d'une winchester ponctua ses cris et détourna l'attention des lyncheurs. Au bout de la rue principale, Cheval-Sauvage venait d'apparaître, portant Lia en croupe sur son *palomino*. Il avait été prévenu par Mariette. Le poney galopa d'une traite jusqu'à la place et stoppa brutalement devant la foule silencieuse. Fusil des Lenemeur au poing, le Comanche sauta à terre.

– Libérez mon frère ! ordonna-t-il.

Les peintures de guerre dont il avait paré son visage rendaient son aspect terrifiant. À son regard et à son attitude, il ne faisait de doute pour personne que l'Indien n'hésiterait pas à tirer !

Lia fit avancer le poney jusque devant son père.

– Papa, libère le coyote, s'il te plaît !

Joshua toisa sa fille, colère et tristesse mêlées.

– Alors, tu as choisi le camp des sauvages, constata-t-il, amer.

– Les sauvages, c'est vous !

Elle se tourna vers la foule.

– Le soir du drame, ils m'ont emmurée vive ! À part maman, il n'y en a pas eu un d'assez courageux pour contester l'ordre de ce vieux fou d'Algernon ! Si Cheval-Sauvage ne m'avait pas libérée, ils m'auraient tous abandonnée dans ce tombeau ! Osez nier, espèces de lâches ! Il vous faisait crever de trouille, le vieux !

Prenant à témoin les villageois, elle continuait :

– Vous ne pouvez pas savoir jusqu'à quel point il en a fait baver à Coyote, ce grand-père modèle, ce respectable citoyen ! Les coups et les brimades et les humiliations qu'il a endurés, Coyote, sous prétexte qu'il était un bâtard d'Indien ! On est tous complices, tous coupables, on marchait tous dans cette sale histoire, même moi ! Même moi !

Elle éclata en sanglots.

–Je ne sais pas qui a tué Grand-Père, conclut-elle, mais si c'est Coyote qui l'a fait, il a bien eu raison !

–Ce n'est pas moi, répéta Coyote avec lassitude. Quand je suis entré dans sa chambre, Algernon était déjà mort.

–C'est Amos qui a fait le coup ! intervint à son tour Céline en se dégageant des bras qui la retenaient. Pourquoi n'est-il pas là, sinon ? Pourquoi a-t-il filé si vite, cette nuit-là ?

–Non ! hurla Joshua, affolé. C'est pas Amos ! Il a rien fait, mon gamin !

–Joshua a raison, prononça Cheval-Sauvage, apportant à son oncle un soutien inattendu. Ce n'est ni Amos, ni mon frère Coyote, ni moi. Quant à Joshua, c'est lui qui a poignardé son père… mais ce n'est pas mon poignard qui l'a tué !

Tous les regards convergèrent sur le Comanche dans un silence interrogatif. On attendait la suite. Elle vint :

–Ce n'est pas un homme qui a tué le Vieux, c'est sa colère. Amos était en train de se disputer avec son grand-père parce qu'il voulait aller vivre en ville, et parce qu'il n'était pas d'accord avec la punition réservée à sa sœur. Amos était le seul membre de la famille à oser s'opposer à l'aïeul. Le vieil homme avait déjà été secoué par la scène avec sa petite-fille. À présent, c'était son petit-fils préféré qui lui manquait de respect. Le ton est monté, son cœur a explosé dans sa poitrine et le Vieux s'est affaissé sur le plancher. Joshua, c'est ainsi que cela s'est passé ?

– Ouais, bougonna l'interpellé de mauvaise grâce. Ouais, c'est ce qu'Amos m'a raconté.

– C'est ça ! s'exclama le shérif.

Il avait repris ses esprits dans l'intervalle et épongeait le sang qui lui coulait du front.

– Oui, c'est ça, le détail que je trouvais bizarre : il n'y avait pas assez de sang répandu sur le cadavre pour un meurtre à l'arme blanche. Mais pourquoi poignarder un mort ?

Joshua craqua et avoua tout ce qu'on voulut. Il avait eu peur pour son fils, peur qu'on lui impute la responsabilité de la mort d'Algernon. Il lui avait donc conseillé de filer pendant qu'il allait tout arranger. L'étui à couteau indien était au chevet du Vieux, c'est ça qui lui avait donné l'idée. Il avait poignardé le cadavre de son père dans l'espoir que les accusations porteraient sur le propriétaire de l'arme : il ne supportait pas de savoir sa fille déshonorée par un Peau-Rouge ! Ce disant, il lança au Comanche un regard venimeux.

– Mais tu es fou, homme blanc ! se récria Cheval-Sauvage, le visage empourpré. Lia est ma cousine ! Fille du frère de ma mère, elle est de mon sang, je ne peux pas l'épouser ! C'était la seule Herzinger à me considérer avec sympathie. Je lui rendais visite chaque soir, quand les autres dormaient, pour qu'elle me parle de ma famille maternelle. Je la considère comme ma sœur, comme l'une de mes nombreuses sœurs. En plus, je suis déjà marié avec une femme de mon peuple, et une seule épouse, c'est déjà bien suffisant, selon la loi des Blancs !

– C'est malin, tout ça ! grommela Edwards en s'adressant à la foule. Sans l'intervention de Cheval-Sauvage, vous pendiez un innocent ! Dispersez-vous, maintenant, rentrez chez vous ! Quant à toi, Joshua, tu vas faire un petit séjour à l'ombre, je suis sûr qu'on va trouver dans la loi un truc qui corresponde à ce que tu as fait et qui te flanque au trou suffisamment longtemps pour te faire réfléchir.

# Épi

Armé d'une cisaille et d'un rouleau de fil de fer, Coyote était en train de réparer une clôture, quand la sensation d'une présence lui fit tourner la tête. Job se tenait à quelques mètres de lui et l'observait. Ils ne s'étaient pas revus depuis l'enterrement d'Algernon, deux mois auparavant.

Le vieil homme s'avança, hésitant, gêné. Coyote, visage fermé, le regarda s'approcher sans mot dire.

– T'es tout seul à travailler, fiston ? demanda Job. Tu veux un coup de main ?

– C'est pas de refus, mon oncle, répondit Coyote sur la défensive.

–Alors, toi aussi, tu fermes la prairie ? Avec leurs méthodes nouvelles, y aura bientôt plus de place pour les grands troupeaux.

–Il y a de la place pour tous dans la prairie. Mais nous… enfin, monsieur Lenemeur se lance dans l'élevage des vaches laitières, la fabrication de beurre et de fromage…

–Alors, c'est vrai que tu vas l'épouser, la petite Lenemeur ? reprit Job.

Coyote acquiesça en lançant à son oncle un regard en coin.

–T'as raison, c'est une fille bien. Et elle fait pas une mauvaise affaire en t'épousant. Tu sais que Joshua aurait eu dans l'idée de la voir marier son fils ?

Coyote se dérida un peu.

–Et Amos n'aurait pas dit non, je crois ! Qu'est-ce qu'il devient ?

–Il a trouvé du travail à Chicago, dans une usine où on fabrique ces voitures qui fonctionnent sans chevaux. C'est point trop chrétien, ces trucs. Ça pue, ça fait un raffut de tous les diables ! Le juge qu'est venu pour Joshua, il en avait une. T'aurais vu la tête des gens !… T'as appris, pour Joshua ? L'a été condamné à cinq ans de travaux forcés pour profanation de cadavre, rébellion sur un représentant de la loi, incitation au lynchage, et pour avoir fait accuser à tort un innocent. T'es pas venu au procès...

– Pour quoi faire ? J'ai été lavé des accusations portées contre moi, cela me suffit. Ce que va devenir Joshua ne m'importe guère. Je n'avais pas tellement envie de le revoir. Ni lui, ni Joachim. Ils m'en ont fait trop voir, quand j'étais môme ! Vous m'en avez tous fait trop voir !

Le vieux baissa la tête.

– Oncle Job, reprit Coyote après un long silence, tu pourrais enfin me le dire, toi, ce qui est réellement arrivé à ma mère ?

Le vieil homme soupira :

– C'est difficile, c'est loin, tout ça !... À son retour dans les bagages des soldats, Jézabel a été confiée à une famille du village. Son père ne voulait pas la voir. Elle attendait un petit Peau-Rouge, c'était la honte pour nous, tu comprends.

– Oui, je comprends ! rétorqua le jeune homme avec amertume. Mais continue !

– Jézabel allait mal. Au village, on disait qu'elle était folle, et ceux d'entre nous qui allaient la voir pensaient la même chose.

–Pourquoi ? Que faisait-elle ?

–Eh bien, elle demandait sans arrêt qu'on la ramène chez les Comanches ! Elle se plaignait de ce que les soldats s'étaient mal comportés à son égard. Elle réclamait son fils et son… mari. Elle refusait de porter des vêtements civilisés, de dormir dans un lit, d'aller à l'office du dimanche. Elle se conduisait en tout comme une sauvage. C'était scandaleux, intolérable ! Alors, Mme Edwards n'a plus voulu s'en occuper et l'a rendue à Algernon.

–Mme Edwards ? s'étonna Coyote.

–Oui, la mère de notre futur shérif. C'est à elle qu'on avait confié Jézabel. Une brave femme, mais un peu rigide… Je crois surtout qu'elle a craint pour son fils…

–Qu'est-ce qu'elle craignait ?

–Ben… Certains disaient qu'il en pinçait pour Jézabel, que ça l'aurait pas dérangé d'élever un petit métis…

–Jézabel a donc réintégré Lost Eden. Que s'est-il passé, après ?

–Après, tu es né, et les choses ont semblé s'améliorer. Jézabel retrouvait son calme, elle acceptait d'être vêtue et coiffée en femme civilisée. Mais quand Algernon s'est aperçu qu'elle te parlait indien en cachette et qu'elle attachait des objets idolâtres dans tes langes, il a compris que son âme était souillée à jamais. Il a donc entrepris de te détacher d'elle. C'est à Sarah Gauncett qu'il a confié ton éducation. Jézabel est devenue enragée ! Elle a tenté de s'échapper avec toi. Nous l'avons rattrapée et nous l'avons… disons, corrigée. Elle ne s'en est jamais remise. Depuis ta naissance, elle était de santé fragile… Elle est morte peu de temps après.

Coyote serra les poings à s'en meurtrir les paumes, serra les dents sur son envie de hurler.

– Faut comprendre, reprit Job, mal à l'aise. Algernon croyait bien faire. C'était dur, pour lui, de réaliser que sa fille était devenue une sauvage, une païenne… une ennemie !

– Elle n'était pas devenue une ennemie ! s'exclama Coyote. Elle aurait juste voulu qu'on la laisse vivre à sa guise avec les gens qu'elle aimait. Elle aurait juste voulu qu'on lui laisse choisir son destin.

Il y eut un long silence entre les deux hommes.

– Pourquoi avoir attendu si longtemps pour m'en parler ? demanda enfin Coyote.

– Parce que je suis un lâche ; mon frère m'a toujours dominé. Quand il prenait un air inspiré, j'avais l'impression d'entendre tonner Dieu lui-même. Après, je réfléchissais, je me disais que Dieu ne donnerait pas des ordres pareils, et je regrettais de l'avoir écouté. Je regrette plus encore de ne pas avoir eu le courage de m'opposer à sa volonté... Pourras-tu jamais nous pardonner ?

– Tu n'étais pas le pire de la bande, oncle Job, tu ne m'as jamais battu, tu n'as pas ri de mes humiliations, tu n'as pas rajouté à mes malheurs. Mais ta lâcheté et ton silence, je ne pourrai jamais les oublier.

Le vieil homme baissa la tête, accablé.

– Et Cheval-Sauvage ? reprit Job au bout d'un moment. Il est toujours avec vous ?

– Non. Il est parti chercher sa femme, Rosée-du-Matin, nos sœurs et notre père Quatre-Doigts, pour les convaincre d'assister à mon mariage. – Coyote sourit – Je ne serais pas étonné qu'il revienne avec une bonne partie de la tribu !

– Ben... Et qu'en pensent tes futurs beaux-parents ?

– Ils ont déjà prévu l'endroit où l'on dressera les tipis !

– Dis... Comment ton frère a su, pour Amos ? Je veux dire... comment il a deviné ce qui s'était réellement passé ?

–Il prétend que c'est le fantôme d'Algernon lui-même qui le lui a soufflé. Peut-être qu'il a de qui tenir. Peut-être que Dieu parle aussi par sa bouche… à la manière des Indiens.

La clôture était réparée, à présent, mais les deux hommes ne parvenaient pas à se séparer. Ils parlèrent de choses et d'autres, du temps qu'il faisait, des récoltes, du cours de la viande, tournant autour du pot. Enfin, Job demanda d'une voix timide:

–Comment va Lia?

–Bien, répondit Coyote, laconique.

–Elle nous manque… Surtout à sa mère… Elle peut revenir, si elle veut. Personne ne lui dira rien.

Coyote approuva de la tête. Finalement, après s'être éclairci la gorge, il reprit, avec effort:

–Oncle Job, mon mariage, c'est la semaine prochaine… Samedi… Il serait peut-être temps d'enterrer la hache de guerre, non? Ce serait l'occasion de réunir enfin mes deux familles, maternelle et paternelle, blanche et rouge, tu ne crois pas?

Job réfléchit quelques instants.

–Ouais, dit-il enfin en pesant ses mots. Ouais, ça pourrait se faire. Peut-être pas avec tout le monde, mais je crois que certains, les plus jeunes, seraient d'accord. Et moi aussi, bien sûr. Mais, ajouta-t-il avec inquiétude, qu'en pensent les Lenemeur ? Nous n'avons jamais été en très bons termes…

Coyote prit son temps avant de répondre :

– Je crois bien, oui, je crois qu'ils seraient d'accord aussi.

Achevé d'imprimer en France par France-Quercy, à Cahors
Dépôt légal : 1er trimestre 2004
N° d'impression : 40484B